서울은 말이죠…

심상덕
지음

서울은 말이죠…

이 도시를
채우고 있는
아름다운
기억들

이봄

"한 번도 뵌 적은 없지만……"

시아버지의 원고를 정리하고 책으로 내는 과정에서 여러 사람이 듣고 놀란 말입니다. 남편과 만나기 전에 아버님은 이미 돌아가셨기 때문에 저는 시아버지를 한 번도 뵙지 못했습니다. 방송작가로 활동하셨다는 이야기만 들었을 뿐이었죠.

결혼을 하고 남편의 작업실에서 녹음 테이프가 가득 담긴 상자를 보았습니다. 아버님께서 활동하실 때 방송하셨던 것을 직접 녹음해둔 방송 테이프였습니다. 그날 저는, 아버님의 목소리를 처음 들어보았습니다. 옛날이야기지만 귀에 쏙쏙 흥미롭게 들리는 목소리…… 문득 실물 원고를 한번 보고 싶다는 생각이 들었습니다.

4

그렇게 처음으로 실제 방송에 쓰였던 라디오 원고를 읽게 되었고 편집자였던 저는 라디오 원고를 바탕으로 책을 만들면 좋겠다는 생각에 원고를 정리했습니다.

"우리는 아버님이 하늘에서 소개해주셨나봐."

남편과 저는 가끔 이야기합니다. 남남으로 살던 우리가 이렇게 만나게 된 건 하늘에서 아버님이 편집자 며느리를 찾고 계셨던 거 아니냐면서요. 한 번도 뵌 적은 없지만 녹음 테이프를 통한 음성을 듣고, 따뜻하고 정겹게 쓰신 글을 읽으며 저도 모르게 아버님이 '그립다'는 느낌이 들었습니다. 또 "행복한 사람이 행복한 방송을 만든다"는 말씀처럼, 그 시절을 살아보지 못한 저도 이 글들을 읽으며 그때의 행복을 느끼기도 했습니다.

40년이 넘는 세월 동안 방송작가라는 한 길을 걷고, 돌아가시기 전날까지 병상에서 방송 원고를 쓰셨다는 아버님께 이 책을 선물할 수 있게 되어 그저 많이 기쁩니다. 이 책이 부모님 세대에게는 그때 그 시절을 추억하게 해주는 책, 젊은 세대에게는 부모를 이해하며 서로 따뜻하게 감싸는 책이 되어주리라 생각합니다.

이 책을 읽는 모든 분들께 따스한 봄날 같은 선물이 되기를 바랍니다.

2018년 11월
며느리 윤근영

폭넓은 지식과 은근한 해학

조명남(성우, 〈서울 야곡〉 진행자)

심형! 언젠가 교통방송의 〈서울 야곡〉 라디오 방송을 끝내고 술잔을 나누는 자리였을 것이오. 심형은 글쟁이, 나는 말쟁이. 우리는 참 신나는 호흡으로 살맛나는 나날을 보내던 시절이었소. 술이 몇 순배 돌고나서 술기운이 올라 거나해지자 내가 심형한테 물었지요? 〈서울 야곡〉이 오락프로인지 아님 교양프로인지.

그때 〈서울 야곡〉이 하도 인기가 있다보니 어떤 사람은 〈서울 야곡〉을 교양프로라고 하는 사람도 있고 어떤 사람은 오락프로그램이라는 사람도 있던 때였소. 나는 그런 질문을 받을 때마다 간단하게 오락프로라고 답했지요. 청취자가 즐겁게 들어주면 된다는 뜻이었소. 그런데 부득부득 교양프로라고 우기는 사람도 있었소. 그

방송이 전하는 내용이 그렇게 재미로만 듣고 넘길 게 아니라는 것이었소. 동서고금을 넘나드는 소재하며 그 얘기를 풀어가는 속에는 거칠게 현대를 사는 우리들에게 주는 따끔한 질책이 숨어 있다는 것이지요. 다만 그 얘기를 딱딱하게 강의식으로 풀어가는 게 아니라 재미를 섞어가는 것뿐이고요.

그런 얘기를 들을 때면 나도 모르게 어깨가 으쓱해지는 기분이기도 했었소. '국민 교양에 보탬이 되는 대단한 방송을 하고 있다'는 자부심 같은 거라고 할까요? 그런 우쭐한 생각을 늘 가슴 속에 품고 있던 터라 그날은 문득 심형의 의견을 듣고 싶어 이야기를 꺼냈소. 그런데 심형의 대답은 간단했소.

"그걸 뭘 따져요? 그냥 재미있게 들으면 됐지."
"아니, 그래도 그걸 따지는 사람이 있으니……"
"그럼, 조형은 어떻게 생각하시오?"
"나는 그냥, 오락프로라고……"
"그럼 됐네, 뭐. 오락프로."
"그런데…… 또 교양프로라고 하는 사람도 있거든."
"그럼 교양프로인가보지, 뭐."

이도 저도 좋다는 심형의 태도를 보니 번뜩이는 생각이 일었소.

"그럼 이렇게 합시다. 〈서울 야곡〉은 '교양 오락 프로그램'이다."

"교양 오락 프로그램?"

"아니면 오락 교양 프로그램. 교양을 오락으로! 오락을 교양으로!"

"그거 좋네. 교양을 오락으로! 오락을 교양으로! 하하하."

심형은 참으로 탁월한 글쟁이였소. 폭넓은 지식을 은근한 해학으로 펼칠 줄 아는. 그래서 청취자가 미소를 지으며 생각에 잠기게 하는.

우리가 〈서울 야곡〉을 방송할 때 남북 정상회담이 열리고 판문점 선언이 발표됐다면 어떤 원고가 쓰였을지……

심형이 그립소.

제2장

맛있는
서울

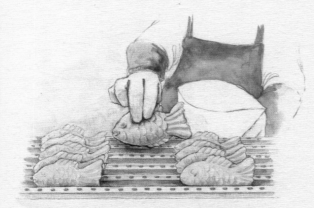

제3장

서울의
그곳에서는

일러두기

1. 이 책은 1996년부터 2009년까지 고(故) 심상덕 작가의 방송 원고를 토대로 엮은 이가 주제에 따라 분류하여 정리한 것이다.

2. 원고로는 TBS 서울교통방송의 〈서울 야곡〉, 〈오승룡의 서울 이야기〉, 국악방송의 〈한국사람 한국얘기〉 등의 방송 원고가 사용되었고, 종종 하나의 주제 안에 두 가지 이상의 원고를 적절히 혼합하여 정리했다.

3. 본문에 등장하는 '요즘' 또는 '지금' 등은 해당 글이 집필된 시점을 말한다.

그 시절 서울은,

우리나라의 수도는 서울입니다. 우리에겐 너무 당연한 사실이지요.

해방 뒤 한동안은 '경성부'였다가 해방 1년째 되는 해에 '서울시'로 이름을 바꿀 때, 반대 의견들이 참 많았습니다. 왜냐하면 '서울시'는 한자로 쓸 수 없었거든요. 그런데도 이름을 바꿀 수 있었던 건 그 당시 김형민 시장이 강력하게 우긴 덕분입니다. 우리나라 수도 이름을 우리 한글로 표시하는 게 오히려 자랑스러운 일이 아니냐, 이렇게 주장한 거죠.

정부가 수립된 이후, 몇몇 과잉 충성자들이 앞장서서 '서울시를 이승만 박사의 아호인 우남시로 바꾸자'고 들고 일어난 적도 있었

습니다. 그 말대로 정말 우남시로 바꿨다면 4·19혁명 이후에 서울
은 이름을 또다시 바꿔야 했을 겁니다.

☽

　10년이면 강산도 변한다고 하죠. 지금은 서울의 인구가 약 1200
만 명에 육박하지만 우리나라가 해방되던 해 12월 말까지만 해도
100만 명이 채 안 되었습니다. 그러다가 1948년 정부가 수립되던
해에 171만 명에 달하게 됩니다.

　6·25가 터지던 해 잠시 인구가 줄었다가, 포성이 멈춘 1953년
에 다시 100만 명을 돌파했고, 1959년에 200만 명, 1963년엔 325
만 명, 1970년엔 500만 명, 그리고 서울 올림픽이 열리던 해에 인
구는 1000만 명을 넘어섰습니다.

　세월을 거슬러, 거슬러 올라가 조선시대 세종 임금 때, 한양의
인구가 채 10만 명이 안 되었다고 합니다. 이 10만 명이 1000만 명
이 되었으니…… 그야말로 기하급수적으로 서울의 인구가 늘어난
거죠.*

---

* 위의 글은 1996년 집필되었는데 당시 서울의 인구는 약 1046만 명이었다. 서울 인구
는 2016년 5월을 기점으로 1000만 명 선 아래로 떨어졌고, 2018년 7월 기준으로 현재
서울의 인구는 약 980만 명이다.

서울이 특별시로 승격된 게 1946년입니다. 경기도의 행정구역으로부터 독립돼 특별시로 승격된 건데 그후에 서울로 편입된 곳들이 많습니다. 성북구, 서대문구, 영등포구만 해도 예전엔 맨 밭이었습니다. 서울에 있는 논이나 밭의 약 70퍼센트가 여기에 몰려 있었죠.

서울의 한복판인 종로나 중구에서도 그 시절엔 닭을 키우는 가정집들이 더러 있었습니다. 그래서 새벽잠을 수탉의 울음소리로 깬 사람들도 많았습니다. 그런 지난날의 향수 때문일까요? 구로동엔 요즘도 건물의 옥상에서 기르는 닭의 울음소리로 동네 사람들이 잠을 깬다고 하네요. 지금은 서울에 수탉의 울음소리가 거의 다 사라져버렸지만요.

"꼬끼오~~~"

제1장

그
리
운
서
울

서울 상경

1960년대 초만 해도 약 240만 명이던 서울 인구가 불과 육칠 년 만에 약 380만 명으로 늘어났습니다. 시골에서 덜 익은 보리를 먹으며 배고픔을 이겨내던 사람들이 고향땅에는 미래가 없다며 서울로 모여든 것이죠.

가장인 아버지가 홀로 오기도 했고, 사춘기 학생들이 가출을 해서 서울로 향하기도 했습니다. 일가족 모두 아무런 계획 없이 서울로 오기도 했지요. 이들의 공통점은 단지 먹고살기 위해 무작정 서울로 상경한 겁니다. 그렇게 서울 인구는 폭발적으로 늘어났습니다.

서울로 상경한 사람은 대부분 젊은이들이었습니다. 특히 꽃샘바람이 살살 불어대기 시작하는 무렵 서울역 앞에 나가면, 보따리 하나 달랑 싸들고 무작정 상경한 시골 처녀들이 참 많았습니다. 가난의 대물림을 끊고 번듯한 직장을 잡아서 가족들 먹고사는 것만큼은 제 손으로 해결하겠다는 의지가 충만했죠. 그들에게 서울은 '행복의 종착점', '꿈에 그리던 낙원'이었습니다.

'일단 서울에 가면 어떻게 해서든지 일거리는 얻을 수 있을 테니까…… 낮에는 남의 집이나 공장에서 일하고, 밤에 야간 학교라도 다녀야지. 그리고 돈 많이 벌어서 고향 동생들한테 학비도 보내줄 거야……'

이런 각오 하나만으로 서울행을 택한 거죠.

이렇게 봄철에 무작정 상경한 시골 처녀들이 가장 손쉽게 구할 수 있었던 일자리가 뭐였는지 아시나요? 보통 날품팔이나 하층 노동자, 신문팔이, 버스 안내양 같은 일이었습니다. 요즘 말로 가사 보조원이라고 해야 할까요? 특히 남의 집안일 도와주는 일도 많이 했습니다. 흔히 식모라고 했지요. 남의 집 문간방에 세 들어 사는 사람도 식모를 둘 정도였습니다. 주인댁을 잘 만나면 낮에는 집안일을 돌보고 밤에는 야간 학교에 갈 수 있는 자리도 구할 수 있었지요.

처음 생각한 대로 잘 풀린 사람도 많았지만, 오갈 데가 없어 끝내는 헤어날 수 없는 구렁텅이에 빠진 처녀들도 많았습니다. 서울역에서 무작정 상경한 처녀들을 좋지 않은 길로 밀어넣는 검은 손들이 많았거든요. 슬픈 사연들이 정말 많았습니다.

통행금지

지금은 밤낮이 따로 없이 하루 24시간이 다 살아 움직이는 시간이지만, 1982년 1월까지는 통행금지란 게 있었습니다. 밤 12시가 되면 통행금지를 알리는 사이렌 소리가 요란했지요.

야간 통행금지가 언제부터 생겼는지 아시나요? 1945년 9월 7일, 당시 미군정 하지 사령관이 '미군정 포고령 제1호'에 따라 서울, 인천 등지에 야간 통행금지령을 내린 것이 처음이었습니다. 그러다 6·25 전쟁을 겪고서 '야간에 통행하는 사람은 경범죄로 다스리겠다'며 1954년에 '경범죄 처벌법'을 발표했지요.

야간 통행금지가 실시되던 그때, 에에엥~ 하는 사이렌이 울리기 시작하면, 네 시간 동안 누구도 맘놓고 바깥을 돌아다닐 수 없는 암흑의 세계가 되었습니다. 모처럼 술 한잔하다가 통행금지 시간이 오면 얼마나 아쉬웠을까요. 늦은 밤까지 데이트를 하던 연인들은 또 어떻고요. 야간 통행금지를 어기고 길거리를 배회하는 이들은 즉시 유치장에 연행되어 다음날 벌금을 물었습니다.

그 시절만 해도 자동차가 별로 없었습니다. 그래서 통금 시간이 임박하면 미도파나 서울역, 광화문, 청량리역 등 택시 정류장마다 아우성이었습니다. "따불, 따불!" 택시 기사들이 요금을 두 배로 달라고 요구한 것도 아닌데 서로 먼저 택시를 잡기 위해 '따불'을 외쳤습니다. 택시 한 대 잡는 것이 하늘의 별따기보다 더 어려웠지요. 시간은 밤 12시가 가까워지고, 통금을 앞두고 택시를 잡을 때면 온몸이 짜릿짜릿해지는 전율까지 느꼈습니다.

이틈에 한몫 보려고 등장한 게 택시잡이였습니다. 사람들 많은 데서 달려오는 차를 잽싸게 잡아주고 손님한테 팁을 받았습니다. 통행금지가 있던 시절에는 수입이 좋았지만 통행금지가 해제된 후 사라진 직업이죠.

기차 타고 여행을 다녀오다가 기차가 고장이 나는 바람에 도착 시간이 늦어지는 경우도 있었습니다. 이럴 땐 기차역에서 야간통행증이라는 걸 한 장씩 나눠주곤 했습니다. 야간통행증이 모자라면 손목에다 파란 고무도장을 하나씩 찍어주곤 했었지요.

☾

야간 통행금지가 해제될 때까지 이러쿵저러쿵 각계에서 말들도 많았습니다. 하지만 정부에서는 남북이 대치된 상황에서 간첩과 불순분자들의 야간활동을 막고 국가안보를 위해 야간에 통행을 금지하는 것이라며 무려 37년 동안 이를 해제하지 않았습니다. 하루 24시간 중 4시간을 잃어버리고 살았던 거지요.

통행금지가 해제된 건 지난 1982년 1월 5일입니다. 국민들은 새해의 멋진 선물이라며 기뻐했고, 비로소 24시간을 오롯이 쓸 수 있게 되었습니다.

"당신 어젯밤에 어디서 뭐하느라고 집에 안 들어왔어요?"

"술 한잔하다가 통금시간에 걸려 못 들어왔지, 뭐."

이제는 이런 핑곗거리도 없어져버렸습니다.

점집

서울에서 오랫동안 살아온 분들은 기억하실까요?

남대문 쪽에서 남산 길로 올라서는 길 양편에 다닥다닥 '점 보는 집'이 붙어 있었습니다. 궁합, 사주, 관상, 작명…… 이런 간판이 붙은 집들이 참 많았습니다.

이 점집들이 언제부턴가 남산 자락에서 자취를 감췄습니다. 서울 한복판인 종로구 통의동. 체부동의 금천교 시장 입구에서 서쪽으로 들어선 골목길로 많이 몰려갔지요. 또 미아리 고개에도 많았고요. 개중에는 이름 하나만 가지고 운명을 판단하고, 또 운명을 바꿔놓기도 한다는 작명소도 많이 있었습니다.

옛날에 어느 농부가 이름 있는 점쟁이를 찾아가 많은 돈을 내고 점을 봤습니다. '지금처럼 살면 노년에는 누워서 먹을 팔자'라는 점괘가 나오자, 농부는 '일을 하지 않아도 먹고살 수 있는 더없이 좋은 팔자'라고 점괘를 잘못 받아들였지요. 그래서 농사철이 되어도 제대로 일하지 않고 놀기만 했고 결국 몇 년 지나지 않아 살림살이가 거덜나서 끼니 걱정을 했다고 합니다. 사람 운명이란 것은 결국 스스로 개척해나가는 것이죠.

장미꽃 이름을 백합꽃으로 바꾼다고 장미향 대신 백합향이 나지 않습니다. 이름을 바꿔도 장미는 장미일 뿐이요. 심상덕이 이상덕이나 김상덕으로 성을 바꾼다 한들 제 인생이 달라질 리 없는 것처럼요.

춤

우리나라에서 서양의 사교춤을 관청에서 허가를 해주고 가르치기 시작한 게 언제였을까요? 바로 1968년입니다. 그해 신설동에서 문을 연 '상원 무용학원'에서 댄스과를 처음으로 신설해 사교춤을 가르쳤습니다.

이때가 50여 년 전이니 생각보다 늦은 감이 있지요? 그럴 수밖에 없었던 이유가 있습니다. 그 이전엔 여자고 남자고 '사교춤'이라 하면 어둠침침한 카바레에 가서 춤바람이 나는, 건전하지 못한 것으로 여겼으니까요.

1950년대 우리 사회에 큰 화제를 불러일으켰던 정비석의 소설 『자유부인』에는 대학교수인 장태연과, 서재에 묻혀 세상사에 눈이

어두운 남편의 그늘에서 생활하는 오선영이 등장합니다. 오선영은 우연히 바깥세상의 화려함을 접하고 사교춤에 선망의 감정을 느끼게 되는데요. 마음속에서 잠자던 여러 화려한 공상을 직접적인 행동으로 옮기며 춤바람이 나고, 그 결과 집안이 콩가루가 되어버리는 내용입니다. 그만큼 사교춤에 대한 인식이 좋지 않았습니다.

☾

1956년 전만 해도 한국인이 출입할 수 있도록 공식적으로 허가를 받은 댄스홀은 단 한 군데도 없었습니다. 그렇다면 당시 여기저기 있었던 댄스홀들은 어떤 방법으로 운영이 되었을까요? 일단 술을 파는 바^{bar}로 영업허가를 내고, 그 안에선 어둠침침한 조명 아래 남녀가 꼭 부둥켜안고 춤을 추는 댄스홀로 영업을 했다고 합니다.

물론 허가받은 댄스홀이 있긴 있었습니다. 그러나 당시 댄스홀은 외국인을 위한 장소였습니다. 그런데 막상 가보면 외국인은 보기 힘들고 거의 다 한국 사람이었지요.

드디어 1956년, 한국인이 출입할 수 있는 댄스홀의 영업 허가가 났습니다. 서울 시내에 일곱 곳이었습니다. 허가가 나지 않은 댄스홀에는 경찰의 단속이 대대적으로 실시되었고요.

1960년까지만 해도 서울 시내에서 사교춤 장소로 유명했던 곳으로 퇴계로 입구 쪽에 '무학성 카바레'가 있었습니다. 또 관철동에 '라틴쿼터'도 유명했지요.

춤추는 장소도 시대에 따라 이름이 많이 변해갔습니다. 처음에는 댄스홀이라 했고, 그다음엔 카바레, 나이트클럽, 젊은이들이 많이 찾아가던 고고장, 그다음엔 디스코텍…… 그리고 요즘에는 젊은이들만을 상대로 하는 락카페나 레게카페, 클럽이 있습니다. '댄스홀'이란 이름을 찾아볼 수 없게 된 것도 이제 옛날이야기죠. 서울 밤거리의 모습도 많이 변해버렸습니다.

이제는 〈댄서의 순정〉 같은 노래 속에서 그나마 옛날 댄스홀의 풍경을 어렴풋이 떠올려봅니다.

전당포

1974년 영화 〈별들의 고향〉에는 여주인공 '경아'를 사랑하는 화가 '문오'가 전당포를 찾아가는 장면이 나옵니다. 문오가 낡은 외투들을 전당포에 맡기면서 아웅다웅 가격을 놓고 시비하는 모습이 나오죠. 그 시절에는 전당포에서 낡은 외투 같은 것마저 담보로 맡기고 돈을 빌릴 수 있었습니다. 곳곳에 전당포들이 참 많았어요.

전당포 영업법이 제정된 게 1961년의 일입니다. 일종의 고리대금업이라 봐도 틀린 이야기가 아니죠. 예전엔 워낙 가난하게 생활했으니 돈이 없으면 이자가 비싼 걸 알면서도 툭하면 전당포에 들락거렸습니다. 전당포에 갖다 맡긴 옷을 계절이 바뀌도록 찾아오지 못해 철 지난 옷을 그대로 입고 다니는 사람들도 정말 많았습니다.

⊂

　전당포에 가서 급한 돈을 빌리고 싶어도 마땅히 맡길 담보물이 없었습니다. 그래서 밥 먹을 때 쓰던 놋그릇을 맡기거나 남편이 특별한 일이 있을 때 한 번씩 꺼내 입던 양복 한 벌을 전당포에 맡기는 일이 흔했습니다. 그때는 모두 단벌신사였습니다. 결혼식이나 환갑잔치에 갈 때, 취직자리를 알아보기 위해 회사에 찾아갈 때 한 번씩 입어보던 그 귀한 양복을 들고 나가 전당포에 맡겨야 하는 일이 자주 있었습니다.

　대학생들은 친구들과 술 마시다가 술값이 떨어지면 손목시계나 전자계산기, 심지어 대학 교재까지 들고 전당포를 찾아가는 일이 적지 않았습니다. 술 한잔 마시기 위해 객기를 부린 것은 좋았지만 전당포에 맡긴 물건을 나중에 되찾아온 사람이 과연 몇이나 되었을까요.

　대학생들은 원래 과외로 학자금도 벌고 용돈도 마련했습니다. 그런데 1985년 2학기부터 과외금지 조치가 내려졌죠. 이 부작용이 너무 커서 1986년 6월에 과외금지 조치가 다시 풀릴 때까지 갑자기 돈 구할 길이 막막해진 대학생들이 전당포의 단골손님이 되기도 했습니다.

해방 이후 전당포에서 가장 인기 있는 담보물 중 하나가 뭐였는지 아십니까? 크기가 사과상자만했던 미제 제니스 진공관 라디오였습니다. 진공관 라디오 한 대를 가지고 가면 아무리 까다로운 전당포 주인도 두말없이 급한 돈을 빌려주곤 했습니다. 그리고 또하나는 바로 재봉틀입니다. 진공관 라디오처럼 재봉틀도 두말없이 환영을 받았죠.

그 시절에 집의 재산목록 1호인 진공관 라디오나 재봉틀을 보자기에 싸들고 전당포에 찾아오는 사람들, 너나없이 그럴 만한 사연들이 있었습니다. 서울로 공부하러 간 자식 녀석의 학자금을 마련하느라 들고 나온 물건일 수도 있고, 지금처럼 의료보험제도가 없었기 때문에 급히 병원에 가서 수술을 하기 위해 들고 나간 물건이기도 했죠.

1960년대 초만 해도 신문 사회면을 보면 의사가 진료를 한 뒤에 진료비를 내지 못하는 환자에게 손가락에 낀 금반지라도 빼놓고 가라고 강요하다가 말썽이 된 사례가 적지 않았습니다. 또 고등고시를 보겠다고 몇 년씩 공부에 매달렸다가 계속 실패만 하고 더는 버틸 수 없다는 생각에 두꺼운 법전을 들고 전당포에 찾아가는 고시생도, 아버지가 남긴 유물이라며 아끼고 아끼던 만년필을 가슴에 품고 전당포 앞에서 뱅뱅 돌던 젊은이도 있었습니다.

전당포 이야기를 하다보면 기쁜 일이나 아름다운 일보다는 어둡고 슬프고 가난한 그림들만 머릿속에 그려집니다. 지금은 사람들의 주머니 사정이 그때보다 좀 좋아졌을까 궁금합니다. 최인호의 『지구인』이란 소설에 보면 이런 대목이 나옵니다.

"뒷골목에 나 있는 전당포를 드나드는 사람들은 누구나 주위의 시선을 꺼리는 듯한 낌새가 있었다."

예전이나 지금이나 가난한 살림 때문에 주위의 시선을 꺼려야 하는 살림살이는 벗어나야 할 텐데 말입니다.

명동 전성시대

1950~60년대를 흔히 명동 전성시대라고 합니다. 명동은 우리나라 문화 예술인들의 집합소였죠.

당시 명동에 나가면 '송원 기원'이라고 있었습니다. 우리나라 바둑의 시조가 되는 조남철 선생이 운영하던 기원이었죠. 이곳은 『자유부인』의 소설가 정비석, 시인 천상병, 영화감독 김수용, 또 연기자들 중에선 이낙훈, 오지명, 이종만…… 이런 분들이 단골로 들락거리던 곳이었습니다.

명동 한복판에 있는 3층 건물의 3층이 송원 기원, 그리고 2층이 금문 다방, 1층이 송옥 양장점이었습니다. 3층 송원 기원에서 바둑 한판 두고, 시들해지면 2층 금문 다방에 내려와 차 한잔 나누면서 열변을 토하다가, 다시 송원 기원으로 올라가 바둑 한판 더 두는 식이었습니다. 지금은 이곳도 추억 속의 장소가 되었지요.

☾

우리나라에서 차를 마시는 근대적인 다방이 처음 등장한 것은 1923년 전후에 일본 사람이 문을 연 '후다미'였습니다. 우리나라 사람이 처음 문을 연 다방은 한국 최초의 영화감독 이경손이 1927년경 종로구 관훈동 입구 3층짜리 벽돌집 아래층에 만든 '카카듀'입니다.

명동에 많은 다방이 몰리기 시작한 것은 천재 시인이었던 이상이 스물여섯 살에 '맥'이라는 다방을 직접 설계해 짓기 시작하면서부터입니다. 지난날의 기록에 보면 1930년대에 명동에서 유명했던 다방으로 '트로이카'라는 러시아식 다방이 있었습니다. 이 다방은 왕년의 정구 선수이면서 극단 '토월회'의 연기자였던 연학년이 경영을 했는데요. 러시아식 홍차에 '모래사탕'을 풀어 보드카를 타서 마시는 것이 아주 그럴듯했다고 합니다.

1930년대 다방은 줄곧 차 한잔을 놓고 마주앉아 문화와 예술을 논하는 정겨운 장소였습니다. 어느 다방에서는 매주 한 차례씩 음악회를 열었고, 출판기념회나 미술전시회도 자주 열었지요.

지금은 명동 거리에 대형 구두점들이 더 눈에 띄지만, 과거의 명동 큰길 양쪽에는 양장점이 빽빽하게 들어서 있었습니다. 그중에서도 앞서 이야기했던 송옥 양장점은 당대의 인기 가수인 김시스터즈, 나애심 등의 단골 양장점이었습니다.

해마다 철이 바뀌면 새 옷 한 벌 마련하기 위해 명동의 양장점을 찾아 나서는 게 큰 행사였습니다. 자신의 취향대로 맞춰 입는 사람도 많았고, 마네킹이 입은 견본을 그대로 사는 사람도 많았습니다.

계절이 바뀔 때마다 명동의 모든 양장점은 일이 밀려서 통금 직전까지, 아니면 밤을 새워 일을 했습니다. 그러다보니 한밤중에도 환할 수밖에 없었죠. 명동은 낮이든 밤이든 서울 동네 중 가장 밝은 동네였습니다.

명동의 '명'은 날 일日과 달 월月이 합쳐진 밝을 명明 자를 사용합니다. 어떤 사람들은 명동을 명동이라고 하지 않고, 장난스럽게 일월동日月洞이라고 불렀습니다. 말 그대로 명동은 해와 달이 함께 떠 있는 동네입니다. 그러니 언제나 환하게 밝지 않을 수 없겠죠.

구멍가게

1970년대에는 골목마다 구멍가게가 많았습니다. 커봤자 한 평이나 두 평 정도 되었을까요. 목이 좋은 동네 골목길에 구멍가게 하나만 잘 차리면 그럭저럭 수입이 쏠쏠했습니다.

동네 구멍가게에는 두부, 콩나물, 더 부지런한 집에는 간절이 생선 같은 것도 있었습니다. 코흘리개 아이들이 동전으로 살 수 있는 사탕도 팔았고요. 가게 안에 들어서면 땅바닥에서 30센티미터쯤 높은 좌판 위에 유리 뚜껑으로 덮은 나무상자 몇 개가 놓여 있었습니다. 박하사탕이나 눈깔사탕이 그 상자 안에 담겨 있었고요. 이리저리 깨진 유리 뚜껑을 창호지 같은 것으로 붙여둔 채로요.

선반 위에는 통성냥 몇 개, 양초 몇 개, 그리고 빛깔이 거무스레

한 빨랫비누 몇 장이 얹혀 있기도 했습니다. 참, 담배하고 소주 몇 병에 마른 오징어나 북어도 몇 마리쯤 있었지요. 하여간 없는 게 없었습니다.

☾

사회가 변해 한창 일할 수 있는 젊은 나이에 직장에서 나온 사람들이 많아졌습니다. 갑자기 직장을 나온 사람들이 가장 선호하는 일 중 하나가 24시간 편의점입니다. 그동안 모아놓은 큰돈도 없고 아직 일할 힘은 남아 있는데 그냥 놀고만 있을 수 없는 일이니까요. 장사 경험 없는 사람들이 시작하기에 편의점만큼 좋은 것이 없었겠죠. 요즘에는 한 집 건너 한 집에 편의점이 생겨 결국은 편의점들끼리 경쟁할 수밖에 없는 형편이라 문 닫는 곳들이 늘고 있다고 하네요.

편의점들이 부쩍 늘어나면서 가장 큰 피해를 입은 곳이 바로 구멍가게입니다. 동네에 편의점이 하나 들어서면 골목길에서 몇십 년 동안 장사를 잘해오던 구멍가게는 하루아침에 함석 문을 닫아걸 수밖에 없었습니다. 통계청에서 밝힌 자료를 봐도 할인매장이나 편의점은 해가 갈수록 점점 느는 반면, 동네 구멍가게는 점점 줄어들고 있다고 합니다. 골목길에 한두 군데씩 있었던 구멍가게들도 이제는 멸종위기에 처한 것이죠.

"할아버지! 우리 아빠가 아리랑 담배 한 갑하고 소주 한 병,
오징어 한 마리 외상으로 가져오랬어요."
"오냐 오냐, 손님이 오신 모양이로구나. 소주 사오라는 거 보
니."

이렇게 맘씨 좋던 구멍가게 할아버지가 지금도 계실까 모르겠
네요.

국민반 노래

1956년에 고재봉 서울시장이 취임하면서 내놓았던 시정방침이
있습니다. 첫째, 관의 기강 쇄신. 둘째, 재건부흥. 셋째, 관민화친.
넷째, 상하일치 단결. 이 네 가지였습니다.

기억이 나는 분들도 있을 겁니다. 당시만 해도 매월 1일엔 전국
에서 일제히 국민반 반상회가 열렸습니다. 출석 여부를 확인하기
위한 출석부도 있었고, 모여서 '국민반 노래'를 부르게 했습니다.

우리들은 대한의 아들딸이다 / 일어나는 새 서울 더욱 빛내자
쓰러진 집터에도 우리 손으로 / 옛 모습 찾아주자 우리 국민반

이 노래는 6·25 전쟁을 겪은 뒤, 그 잿더미 속에서 재건 운동을 시작하던 국민들의 가슴속에 재건 부흥의 불꽃을 지피기 위해 만든 것이었습니다. 2절은 이렇습니다.

우리들은 서울의 국민반이다 / 명랑한 서울거리 자랑하노라
손을 잡고 굳세게 이겨나가자 / 집집마다 웃음도 우리 국민반

지금 보면 웃음이 나오지만 그 당시에는 이런 것들이 우리의 모습이었습니다. 이런 과정을 겪으면서 오늘의 서울이 만들어졌습니다. 지나간 세월 속에 지금은 다들 잊어버렸겠지요.

새날의 아침이다 먼동이 텄네
명랑한 우리 동네 우리 반장 여반장. 가가호호 다니면서,
애국복권 나왔어요. 쓰레기차 왔습니다

　김용만이 부른 〈여반장〉이라는 노래도 국민반 반상회가 시작되
면서 유행했습니다. 50여 년 전 서울 시민들의 모습이 눈에 선하게
그려집니다. 1976년부터 시작된 반상회의 원조가 바로 국민반입
니다.

맞춤 양복점

서울 사람들은 언제부터 양복을 입었을까요?

근대화를 주장하던 김옥균, 박영효, 홍영식이 민간인 중에선 가장 먼저 양복을 입었다는 의견이 지배적입니다. 마치 연못에 고인 물처럼 고리타분한 생각에서 벗어나 개화를 하자, 세상을 바꾸자고 주장한 사람들이니 그럴 만도 했죠. 바지저고리 한복보다 양복 차림이 더 활동적인 것은 사실이니까요. 한편에서는 어떻게 서양 오랑캐들의 옷을 몸에 걸치고 다니느냐며 반대도 심했습니다.

이렇게 옷차림이 바뀌는 과정에서 생겨난 유행어가 바로 '근사하다'라는 말입니다. 이 말은 개화기 때, 다시 말해 한복에서 양복으로 바꿔 입기 시작하던 그 시절에 생겨났습니다. 양복 입은 꼴이 진짜 멋쟁이들과 비슷하다고 하여 가까운 근近에 닮을 사似를 써서 '근사하다'라는 말로 표현한 것이죠.

◖

　서울에서 양복점, 특히 맞춤 양복점이 많이 모여 있던 곳이 어디였을까요?

　대략 세 곳이었습니다. 명동 일대에 자리잡은 양복점이 서른 군데 정도, 종로 1가에서 3가 사이에는 약 스무 군데의 양복점이 있었습니다. 이보다 더 몰려 있던 곳은 바로 광교 네거리에서 을지로 입구 사이입니다. 이곳에는 약 50곳의 맞춤 양복점이 어깨를 대고 몰려 있었습니다. 9·28 수복 직후부터 많이 들어섰다고 하네요. 당시만 해도 광교 일대가 서울에서 가장 교통이 편한 곳이었고, 주변에 은행들도 많았으니까요.

　한때는 '월부 양복'이란 게 있었습니다. 양복을 먼저 해 입고 매달 월급을 타면 조금씩 갚아나가는 겁니다. 월부 양복이 유행하던 시절만 해도 이 부근 양복점은 일손이 무척 바빴습니다. 이제는 입는 옷도 다양해지고 옷가게도 많아져 이런 풍경을 찾아보기는 힘들지만요.

산파집

사람이 살면서 가장 기쁜 일 중 하나가 집안에 새 식구가 늘어나는 일입니다. 자식을 결혼시켜 며느리가 들어오면 덩실덩실 기쁜 일이고, 며느리가 자식을 낳으면 이보다 더 큰 경사가 없죠.

요즘은 아기를 대부분 병원에 가서 낳지만, 우리 어머니 시절만 해도 병원에 가서 아이 낳은 사람이 거의 없었습니다. 거의 집에서 출산을 했지요. 임산부가 혼자서 아기를 낳으려고 진통을 참아가며 고생하다가 겨우 산파를 모시고 와 아기를 낳곤 했습니다. 그것도 남의 손을 빌리는 것이라며 싫어해서 칠팔 남매를 전부 집에서 혼자 낳는 경우도 많았고요.

1950년대에는 아기를 낳을 때면 산파나 조산원이 왕진 가방을 들고 집으로 찾아왔습니다. 1960년대 중반까지 조산소를 이용하는 임산부들이 많았죠. 그 시절에는 병원도 의사도 부족했고 지금처럼 의료보험이 본격적으로 시작되기 전이니 병원 문턱이 꽤 높았을 겁니다. 그러니 조산사와 조산원이 출산에 큰 몫을 담당할 수밖에 없었죠.

○

전에는 순산을 위해 임산부에게 밀가루 수제비를 먹이는 풍습이 있었습니다. 좋은 음식을 다 놔두고 왜 하필이면 밀가루 수제비였을까요.

밀가루 수제비는 미끄럽잖아요. 수제비처럼 미끄럽게 순산을 하라는 의미의 풍습이었던 거지요. 역시 임산부가 순산하라는 의미에서 집 안팎의 막힌 것은 모두 열어놓았습니다. 산통이 시작되면 마당과 대문간에 깨끗한 황토를 고루 펴서 깔아놓는 풍습도 있었습니다. 황토의 붉은색으로 나쁜 귀신이 침범하지 못하도록 막기 위함이었죠.

순산한 여성의 허리띠를 빌려다 차면 아기를 쉽게 낳는다, 순산한 여성의 손으로 임산부의 배를 쓰다듬어주면 순산을 한다, 남편 옷을 임산부가 입으면 순산을 한다는 등…… 순산을 위한 별별 방법이 참 많았습니다.

의학의 혜택을 받지 못하던 시절이었으니 뭐 하나라도 믿을 게 있으면 무작정 믿었던 그 심정이 이해가 갑니다. 지금 생각으로는 말도 안 되는 주술적이고 미신적인 방법일지라도, 여기에 의지해 조금이라도 불안을 덜어보려고 했던 게 아닐까요.

서울말

예전의 서울말과 지금의 서울말은 많이 다릅니다.

예를 들어 전에 서울 사람들은 싸전에 가서 돈을 주고 쌀을 사는 것을 '쌀 팔러 간다'고 했습니다. 1977년 '국어조사 연구위원회'에서는 이 말을 표준어에서 없애고 '쌀을 사다'로 통일하자는 의견이 있었고, 한참을 토의한 끝에 다수결로 이 말을 표준어에서 제외하기로 했습니다. 서울 출신들은 대개 여기에 승복하지 않은 채 넘어갔지요. 돈이 아쉬워 쌀을 내다 파는 경우엔 '쌀 내다', 싸전에 가서 쌀을 구매하는 것은 '쌀 팔다'라고요.

그리고 '나쁘다'는 말도 있지요. 지금은 '좋지 않다'는 뜻인데, 전에는 서울 사람들이 식사하며 밥 양이 차지 않을 경우에 '나쁘다'라는 말을 썼다고 합니다. 이런 식으로요.

"이보게, 나쁜 듯하거든 더 자시게나."

손윗사람이 손아랫사람에게 '더 먹고 싶으면 더 먹게나'라고 말하는 뜻이 되는 겁니다.

서울 지역에서 많이 쓰는 말이면서도 표준어로 취급되지 않은 말들이 곧 '서울 사투리'입니다. 학교를 '핵교'라고 발음한다든지 기와집을 '개와집'이라고 발음하는 것도 바로 그런 예였지요.

6·25 전쟁 이전만 하더라도 서울 안국동 일대에 이른바 '사대문안 사투리'가 있었습니다. 청계천 일대의 중인 계급이 사용하던 사투리가 있었고, 아현동 말투가 있었는가 하면, 왕십리나 마포 사투리도 있었습니다. 이런 서울 사투리들도 6·25 전쟁 이후에는 서로 뒤섞여 많이 줄어들었습니다.

예전엔 지방에서 올라온 사람들이 서울 사람들 말소리를 듣고는 이렇게 말했습니다.

"서울 사람들 말허는 소릴 들어봉께, 졸졸졸졸~ 졸졸졸졸~ 꼭 시냇물 흐르는 소리 겉구만."

예전엔 듣고 있으면 졸리다고 할 정도로 조용했던 서울 사람들의 말소리도 이제는 예전 같지가 않습니다.

우물

지금은 우물물을 길어 먹는 사람도 없고, 마을마다 있었던 우물 터들이 거의 다 자취를 감추었습니다. 그러나 물이 오염되지 않았던 시절 각 가정마다 수돗물이 공급되기 전에는 마을마다 공동 우물터 한 군데씩은 다 있었지요.

재미있게도 우물물 길어 올리던 두레박 소리는 누가 길어 올리느냐에 따라 소리가 다 달랐습니다. 갓 시집 온 새색시가 우물 속으로 두레박을 내릴 때는 두레박이 '빠르르르르~ 슬슬슬슬~' 내려 가다가 '빠르르르르~ 포오옹다앙~' 소리를 냈습니다. 옆집 아주머니가 두레박을 내릴 때는 '빠르르르르~ 처얼푸덩~' 하는 소리가 났지요. 똑같은 우물이고 똑같은 두레박이었는데 말이죠.

전에는 냉장고가 없었으니 생김치를 담근 뒤에 김치를 주전자에 담아 손잡이를 끈으로 묶어서 우물 속에 반쯤 담가놓았습니다. 그게 바로 냉장고였죠. 집집마다 공동우물에 김치를 담가놓으니 어떨 때는 끈이 풀리고 뚜껑이 열려서 우물 전체가 김칫국이 되어버리는 일도 있었습니다.

어디 그뿐인가요? 거울로 우물 속에 햇빛을 꺾어 넣으면 어둡던 우물 바닥이 훤히 다 보였습니다. 붕어가 우물 속에서 헤엄치는 모습도 볼 수 있었습니다.

"우물 쳐요, 우물요" 하고 외치는, 전문으로 우물을 치는 사람도 있었습니다. 우물 치러 다니는 사람들을 보면 최소한 네 명이 짝을 지어 다녔습니다. 우물을 청소하러 들어갈 때는 안전모 대신 바가지를 머리에 쓰곤 했죠. 청소가 다 끝난 뒤에는 부정 타지 말라고 우물 주변에 굵은 소금을 한 움큼씩 뿌리고 미리 받아둔 정화수를 올리면서 우물 고사를 지냈습니다.

◔

종로구에만 해도 이름난 우물이 많았습니다. 연세가 있는 분들은 아직 기억을 하실지도 모르겠습니다. 종로구 와룡동 28번지엔 '쫄쫄 우물'이 있었습니다. 돌 틈에서 쫄쫄 물이 솟아나온다고 해서 그렇게 불렀습니다. 이 물이 안질에 특효가 있다고 해서 눈병을

앓는 사람들이 많이 찾았습니다. 정말 유명했죠.

명륜동 4가 127번지에 있던 '깊은 우물'은 물맛이 좋기로 유명했습니다. 충신동과 이화동 사이에 있던 '옹달 우물' 역시 물맛 좋기로 유명했는데 이 우물이 있는 곳을 중심으로 이루어진 마을이 '옹달 우물골'이었습니다. 마을마다 소문난 우물들이 한군데씩 있었지요. 이제는 그 우물터에서 듣던 두레박 소리도 세월 속에 사라져간 옛날의 소리가 되었습니다. 빛바랜 흑백사진처럼 말입니다.

☽

오늘밤엔 이런 꿈을 한번 꿔보시기 바랍니다.

마당 한가운데 있는 우물이 자꾸자꾸 넘쳐나서 집안이 온통 우물물로 가득 차는 꿈. 그동안 계획했던 사업을 시작하고 그 일로 많은 돈을 벌게 되는 꿈입니다. 재벌 소리는 그만두더라도 최소한 부자 소리는 듣게 될 거라네요.

또 목이 말라서 이리저리 우물을 찾아다니다가 시원한 우물을 발견해 반가워하는 꿈. 취직을 하거나 사업을 벌여 큰돈을 모으게 되는 꿈, 운수대통, 소원 성취하는 꿈입니다.

옛부터 우물 꿈은 길몽 중에 길몽으로 손꼽아왔으니까요.

영화관

우미관優美館*에서 영화를 보던 시절…… 관객이 넘치면 스크린 뒤쪽에도 관객을 앉힌 채 영화를 상영하던 때가 있었습니다. 말 그대로 진짜 '초만원'이었지요.

어느 날 우미관이 화재로 홀랑 타버려 새로 짓게 되었습니다. 그런데 우미관이 자리하고 있던 관철동이 워낙 번화가이다보니, 터를 아끼느라 변소가 있는 곳까지 객석이 붙도록 짓는 바람에 지린내가 많이 났습니다. 자리가 다 차서 앉을 자리가 없으면 하는 수

---

* 1910년에 세워진 한국 최초의 상설 영화관. '고등연예관'이라는 이름으로 세워졌고, 1915년에 우미관으로 개칭되었다. 1959년 화재로 화신백화점 옆으로 자리를 옮겼고 1960년부터는 2류 재개봉극장으로 명맥만 유지하다가 1982년에 폐업되었다.

없이 변소 앞자리에 앉아 영화를 감상하곤 했지요.

　영화관의 의자도 쾌적하지 않기는 마찬가지였습니다. 지금의 영화관 의자는 푹신하고 좋지만 그 시절에는 요즘의 포장마차에서나 볼 수 있는 걸상이었습니다. 기다랗게 나무 판때기를 이어 만든 의자였죠.

　그 시절엔 영화가 끝나는 장면이 가까워지면 영화의 장면이 천천히 돌아가는 게 유행이었습니다.

　"자, 이리하여…… 교통방송의 서울 야곡,
　드디어 오늘의 순서를…… 마치겠습니다.
　안녕히…… 돌아가시기…… 바랍니다."

시민증과 도강증

대한민국 국민은 모두 나이 만 열일곱 살이 되면 주민등록증이 나오죠. 그런데 주민등록증 말고 혹시 '시민증'이라고 들어보셨는지요.

시민증은 1950년 6·25 전쟁중이었던 10월, 서울시가 열네 살 이상의 남녀에게 '당신은 서울 시민입니다'라고 인정하며 발급한 증명서입니다. 길을 가다가 불심검문을 당하면 시민증을 제시해야 서울 시민으로 인정받을 수 있었죠.

시민증이 없으면 서울 시민으로 행세하기가 힘들었습니다. 당시만 해도 야간 통행금지가 실시되고 있어서 불심검문을 하다가 시민증이 없으면 당장 파출소로 끌려갔습니다. "고향이 어디냐, 일가친척은 어디에 살고 있냐, 그 구두는 어디서 무슨 돈으로 사 신었냐" 등등 꼬치꼬치 캐묻는 바람에 얼마나 곤욕을 치렀는지 모릅니다.

C

어디 그뿐인가요. 전쟁이 채 끝나지 않았던 시절이다보니 한때는 한강을 넘나들 수 있는 자격을 뜻하는 '도강증渡江證'도 있었습니다. 도강증이 없으면 나룻배를 타고 한강을 건너 영등포로 갈 수 없었고, 반대로 영등포에서도 한강을 건너 서울 시내로 들어올 수 없었습니다. 남쪽으로 내려갔던 많은 피난민이 한동안 영등포에서 발이 꽁꽁 묶여 한강을 건너올 수 없었습니다. 한강을 사이에 두고 저쪽 강 건너 영등포는 얼마나 쓸쓸했는지 모릅니다.

서울 시민임을 증명하는 시민증과 한강을 건널 수 있는 도강증을 갖고 다녀야 했던 시절…… 이제는 세월 속에 묻혀버린 옛 이야기가 되었네요.

빨간 우체통

지금처럼 전화가 본격적으로 보급되기 이전엔 통신 방법이 우편 뿐이었습니다. 거리 곳곳에 빨간 우체통이 많이 세워져 있었지요. 물론 지금도 우체통이 있지만 예전의 그 모양은 아닙니다.

우표 한 장 살 돈이 없어서 우표를 붙이지 않은 채 우체통 속에 편지를 넣는 사람도 적지 않았습니다. 일단 우체통 속에 편지를 넣기만 하면 편지는 틀림없이 전해졌거든요. 집배원이 배달한 뒤 받는 사람에게 우표 값을 받았다고 합니다.

빨간 우체통이 거리 곳곳에 세워져 있던 그때만 해도 편지 한 장을 배달할 때마다 집배원이 대문 앞에서 "편지 왔어요, 편지!"라고 큰 소리로 외치며 편지를 전해줬습니다. 시골 고향집에 집배원이 찾아올 때가 되면 괜히 가슴이 두근두근했지요. 편지를 배달하는 우편집배원, 예전엔 '체부'라고 불렀습니다.

"체부 양반, 우리 마을로 가는 그 편지들 내가 대신 갖다 전할 테니 이리 와서 들밥 좀 먹고 가시게나."

이렇게 가족처럼 식사를 함께하는 일도 있었습니다.

"난 글씨를 못 읽으니 군대 간 우리 아들이 보낸 편지 좀 대신 읽어줘요."

어떤 때는 이렇게 남의 집 편지도 대신 읽어주고, 또 대신 써주기도 했죠. 체부는 우편물만 배달한 게 아니라 따뜻한 인정도 배달했습니다.

◖

우체통 빛깔은 왜 빨간색일까요?

이문재 시인은 우체통이 빨간색인 이유를, 사랑이 발효되는 소중한 공간임을 잊지 말라는 경고라고 했습니다. 빨간 우체통에 들어간 편지들이 우체통 안에서 사랑으로 발효되는 중이라는 뜻이죠. 제 젊은 시절엔 연애편지를 멋있게 쓰기 위해 시집도 많이 사서 읽고 철학책이나 소설책도 많이 읽었습니다.

"사랑이란 안개 같은 것.
그래서 그런 걸까요?
당신은 왜 늘 나에게서
멀리멀리 안갯속의 여인처럼 느껴지는 걸까요?"

한때 제가 편지 속에 써먹었던 구절이지요.

"남자는 사랑에 죽고
여자는 사랑에 산다고 했습니다.
나는 언제라도 당신을 위해
죽을 준비가 되어 있습니다."

아이고…… 지금 생각하면 닭살 돋는 이런 말들을 밤새워가며 잘도 만들어냈습니다. 아니, 잘도 어디서 베껴왔습니다. 그 시절엔 이런 분홍빛 사연들이 많아서 우체통도 빨갛게 달아올라 부끄러워하는 빛깔이었지요.

밤새워가며 편지지에 한 글자, 한 글자 꾹꾹 눌러 쓰고 아침이 되면 편지를 우체통에 넣으러 갔다가 뭔가 또 부족한 거 같아서, 혹시라도 틀린 글자는 없을까 싶어서 빨간 우체통 주변을 서성거리다 다시 돌아오던 날도 많았습니다. 밤새 고쳐 쓰고도 아침이 되면 괜히 부끄러운 생각이 들어 끝내 부치지 못한 편지들도 있었고요.

편지 봉투에 우표를 붙일 때 먼길 가는 동안 혹시 우표가 떨어질까봐 우표에 침까지 두 번, 세 번 바르고, 숫자 하나라도 틀릴까봐 하나하나 주소를 적어넣고…… 그 편지를 빨간 우체통에 넣을 때 쿵쾅쿵쾅 가슴이 두근거렸던 기억이 아직도 납니다.

☾

일반 우편물이 줄어들면서 해가 갈수록 빨간 우체통도 줄어들고 있다고 합니다.* 요즘 집으로 배달되는 우편물을 보면 옛날처럼 손으로 쓴 편지는 찾아볼 수가 없죠. 대부분의 우편물이 카드대금 청

---

* 우정사업본부에 따르면 우체통은 2017년 4월 기준으로, 전국에 14026개가 남아 있다.

구서, 광고 전단지, 세금 고지서 같은 것들뿐입니다.

유치환의 「행복」이라는 시에는 이런 구절이 있습니다.

사랑하는 것은
사랑을 받느니보다 행복하나니라
오늘도 나는
에메랄드빛 하늘이 환히 내다뵈는
우체국 창문 앞에 와서 너에게 편지를 쓴다

올해가 다 지나기 전에 편지 한 장 띄워보세요. 그동안 서로 그
리워하면서도 바쁜 핑계로 만나지 못했던 사람들에게 편지를 써서
빨간 우체통에 넣어봅시다.

"편지 왔어요. 편지요."

거지

지금은 거의 찾아볼 수 없는 풍경이지만 한때는 서울에 거지가 참 많았습니다. 아침저녁 끼니때가 되면 길에 거지가 널렸으니까요. 멀쩡하게 제 발로 걸어 다니는 아이 거지도 있었고, 어딘가 병든 어른 거지도 있었고, 나이가 많아 허리 꼬부라진 늙은 거지도 있었습니다. 어디 그뿐인가요? 포대기에다 어린아이를 업고 다니는 여자 거지도 있었습니다.

지금보다 먹고살기가 더 힘들었던 그 시절에도 우리네 할머니들은 밥 얻어먹으러 오는 거지한테 문전박대하는 일이 없었습니다. "좀 전에도 한 사람 왔다갔으니 넌 다음에 와라." 단 한 번도 이런 말씀을 하신 적이 없었습니다. 반찬이든 밥이든 그저 뭐든지 조금

씩은 줘서 돌려보내셨죠.

"에, 한술 보태줍쇼. 에."

거지들이 수없이 골목길을 들락거려도 그때는 대문을 닫아걸지 않고 살았습니다. 그래서인지 날씨가 아무리 추워도 거지가 밥 한 술 못 얻어먹어 추위에 얼어 죽었다는 소리는 듣지 못했습니다.

☾

다리 밑 움막 주변에서는 거지들이 모닥불을 피우고 몸을 녹이던 모습을 볼 수 있었습니다. 옛날 거지들은 대개 큰 깡통을 두 개씩 들고 다녔습니다. 깡통 하나엔 밥을 받고 다른 깡통엔 반찬을 받았습니다. 밥은 찬밥, 더운밥 가리질 않았고 보리밥, 쌀밥이 다 섞여 있었죠.

반찬은 콩나물, 다 시어빠진 김치, 나물, 무장아찌, 콩자반 먹다 남은 것 등이었습니다. 이렇게 골고루 얻어먹으니 건강 하나는 괜찮았죠. 그 시절엔 빈 깡통 하나만 들고 다녀도 먹고살 수가 있었습니다. 그만큼 인심이 좋았거든요.

거지들이 들고 다니던 깡통도 족보가 있었습니다. 광복이 되기 전에 거지들이 들고 다니던 밥그릇은 '바가지'였습니다. 그러다 광복 이후 미군들이 오고 나서는 거지들 밥그릇이 바가지에서 '깡통' 으로 바뀌었습니다.

집안이 홀딱 망해서 거지 신세가 되는 꿈…… 이런 꿈을 한번 꾸고 나면 생활이 점점 윤택해지고, 장사하는 사람은 점점 장사가 잘되고 하는 일마다 재수가 좋아진다고 합니다. 혹시 「각설이 타령」을 부르는 거지하고 이야기를 주고받는 꿈을 꿔보신 적이 있으신가요? 그렇게 좋은 꿈이라고 합니다. 머지않아 본인이나 집안에 좋은 일이 생기는 꿈이라고요.

꿈속이지만 거지하고 친구가 됐다면? 겁날 게 뭐가 있겠습니까? 더 나빠질 것도 없으니 결국 하루하루 더 좋아질 일만 남았다는 의미겠죠.

서커스

서커스를 구경한 지도 참 오래됐습니다.

저 어릴 때는 마을 장터에 서커스단이 들어오면 꿈속에서도 서커스하는 꿈을 다 꾸곤 했습니다. 서커스 나팔소리에 마음이 들떠 밤잠을 설친 게 한두 번이 아니었지요. 어른들에게 서커스 꿈을 꾼 이야기를 하면 진짜로 서커스를 구경시켜주는 운수 좋은 날도 있었습니다. 오죽 구경이 하고 싶었으면 밤에 꿈을 다 꾸곤 했을까요. 읍내에 서커스단이 들어온 날, 공짜 구경을 하려다가 머리통에 알밤 맞는 애들도 있었습니다.

그때는 서커스단 곡예사들의 몸이 엿가락처럼 휘어지는 것도 참 신기했습니다. 어디서 곡예사들이 식초를 많이 먹는다는 이야기를 듣고, 저도 곡예사들처럼 뼈가 잘 휘어지라고 아침저녁으로 부엌을 들락거리면서 식초를 마시다가 탈이 나기도 해서 많이 혼났습니다.

서커스에서 가장 신기했던 것은 마술이었죠. 분명히 두 손에 아무것도 없었는데 손을 입에다 갖다 대고 나면 탁구공이 열 개도 나오고, 스무 개도 나오고…… 전 지금도 이해가 안 갑니다. 도대체 어떻게 손에서 그렇게 여러 가지 물건들이 나올 수 있었던 걸까요.

⟨

이렇게 인기가 있었던 서커스이지만 모든 서커스 공연이 성공했던 건 아닙니다. 한 예로 1962년에 타이완에서 제법 규모가 큰 곡마단이 우리나라에 온 적이 있었습니다.

서울에서는 종로 네거리, 지금 제일은행이 있는 그 뒤편 공터에다 천막을 치고 서커스를 했던 것을 아시나요? 천막을 치고 흥행을 시작할 무렵, 우리나라에 여름 장마가 시작되었습니다. 곳곳에서 개울물이 넘치고, 지대가 낮은 곳에선 집이 물에 잠겼네, 집이 떠내려가네 하는 판에 한가하게 서커스 구경을 갈 사람이 어디 있었겠습니까?

이 곡마단은 호텔값도 못 내고 다시 돌아갈 여비도 떨어지고, 오도 가도 못 하는 가련한 신세가 되었습니다. 어떻게 돌아갔냐고요? 당시 창경원 동물원에 호랑이 한 마리를 팔아버리고 그 돈으로 간신히 여비를 마련해 돌아갔다고 하네요.

☾

우리나라에서 서커스가 쇠퇴한 것은 1970년대에 들어서면서입니다. 텔레비전이 본격적으로 보급되기 시작하고 곳곳에 영화관이 생기면서 서커스단은 하나둘 우리 주변에서 사라졌습니다. 당장 먹고살 방법이 없어 결국 서커스 단원들이 하나둘 공사장으로 떠나가고 막노동으로 주린 배를 채우고…… 사정이 이렇게 되어버렸지요.

하지만 아직도 명맥을 이어가는 서커스단이 있습니다. 바로 '동춘 서커스'단이죠. 동춘 서커스단이 출발한 배경에는 우리의 역사가 담겨 있습니다.

당시 우리나라에서 활동하던 일본 서커스단의 횡포와 냉대를 견디다 못해 빠져나온 조선 사람 30여 명이, 조선인끼리 서커스단을 만들어 1927년에 전남 목포에서 첫 무대를 올렸습니다. 바람이 불면 바람 부는 대로, 물결이 치면 물결치는 대로 전국을 누볐습니다. 동춘 서커스단은 그 당시 나라 잃은 동포의 아픔을 달래주고 정신적 해방감을 선사해주었습니다.

동춘 서커스는 단순히 서커스만 하는 단체가 아니었습니다. 연

극도 하고 쇼도 하면서 노래도 하고 서커스도 하는 종합예술무대였습니다. 그러다보니 이 서커스 무대를 통해 연예계의 많은 스타가 배출됐습니다. 영화배우 허장강, 개그맨 서영춘 등 많은 연예인들이 모두 서커스단에서 공연을 시작했습니다. 또 배삼룡, 백금녀, 남철, 남성남, 장항선, 가수 정훈희 등 수많은 스타가 이 서커스단 출신입니다.

한때는 200여 명의 대식구를 거느렸던 동춘 서커스단. 살림살이가 끊어질 듯하면서도 아직도 끈질기게 이어가고 있습니다.*

---

* 동춘 서커스단은 2018년 현재 50여 명의 단원으로 이루어져 있으며, 주로 각 지역 축제에서 공연을 선보이고 있다.

골목길

    서울엔 여기저기 골목길들이 참 많았습니다. 저녁밥 먹고 나면 "친구야, 노올자!" 하며 이집 저집 대문마다 또래 친구들을 불러내는 소리가 가득했어요. 지금이야 그 옛날 골목길이 좁아 보이지만 어릴 땐 그렇게 넓고 뛰어놀기도 좋았습니다. 지금 다시 어렸을 적 그 동네 골목길을 가보면 요리조리 꼬불꼬불 꼭 미로 같지만 그 시절에는 하나도 불편함이 없었거든요.

    서울의 골목길에서 노는 어린이들의 놀이도 이제는 많이 달라졌습니다. 제가 어릴 땐 사내아이들은 또래끼리 모이면 골목길에서 숨바꼭질도 많이 하고, 말 타기, 땅 뺏기, 사방치기, 구슬치기 같은 놀이를 즐겼습니다. 좁은 골목에서 여자아이들은 "뒤를 돌아라.

돌아서 돌아서 땅을 짚어라. 짚어서 짚어서 만세를 불러라" 노래
를 부르며 고무줄놀이를 했습니다. 추억 가득한 우리 어린 시절의
골목길 기억입니다.

또 예전에는 자전거 바퀴로 만든 굴렁쇠를 굴리는 아이들도 많
았지만 이제는 서울의 골목길에서 굴렁쇠를 굴리는 아이들을 만나
볼 수가 없네요.

서울의 대표적인 골목길이라 하면 종로 뒷골목 선술집이 떠오릅니다. 지금도 주머니 가벼운 일반 서민에게는 더없이 좋은 곳입니다. 추억이 많은 곳이죠.

그러나 이제는 종로의 뒷골목도 다 재개발이 되고 청진동 해장국 골목, 그 주변의 생선구이 집과 빈대떡 골목, 무교동 낙지 골목 같은 곳들도 사라졌습니다. 이런 곳들을 다 헐어버리고 전부 높은 건물로만 지어올린다면…… 옛날 추억들을 어떻게 되살릴 수 있을까요.

바람 쌩쌩 부는 추운 겨울에도 인정 따라 골목골목 훈훈한 바람이 지나다니는 추억의 골목길이 다 있었는데 말이죠.

빈대떡

비가 오는 장마철에는 '빈대떡이나 부쳐 먹었으면 좋겠다'는 생각을 한 번쯤 하게 됩니다. 나이드신 분들은 기억하겠죠. 1960년 서울은 빈대떡 집들의 전성기였습니다. 이 무렵만 해도 술집들이 지금처럼 요란하지 않았습니다. 큰 한옥을 그대로 술집으로 쓰는 식이었는데요. 대문을 열고 들어서면 방마다 상이 여러 개 놓여 있고, 안방, 건넌방, 뜰아랫방, 대청마루, 툇마루에 모두 다 작은 상을 늘어놓고 손님을 받았습니다. 나중에는 이것도 모자라 마당가에 차일을 쳐놓고 그 아래에 돗자리를 깔고 상을 늘어놓았습니다.

명동으로 나가는 길목에 빈대떡 맛이 좋기로 유명한 '남성관'이라는 술집이 있었습니다. 두꺼운 번철 위에 미군 부대에서 흘러나

온 깡통 버터를 큰 덩어리째 올려놓고, 그 위에 순녹두 빈대떡을 부쳤습니다. 그 맛이 얼마나 좋았는지요.

6·25가 끝나갈 무렵이어서 당시 취재를 온 일본의 『요미우리신문』이나 『아사히신문』, 『마이니치신문』 같은 곳의 기자들도 코주부 만화가 김용환과 함께 남성관을 자주 찾아왔습니다. 소설가 김동리, 박계주, 그리고 김팔봉 등 당시 이름이 알려진 문화인들도 김용환과 같이 드나들었다고 하지요. 특히 비가 주룩주룩 내리는 한여름 장마철이면 남성관의 빈대떡이 그리워 자주 찾아왔다고요.

☽

막걸리에는 빈대떡, 빈대떡에는 또 어리굴젓이 제격이죠.

요즘은 사람들이 어리굴젓을 곁들인 빈대떡에 막걸리 한잔하는, 이런 구수한 맛을 별로 즐기지 않습니다. 그때는 이렇게 빈대떡 한 접시와 막걸리 한 주전자가 기본이었는데요. 이제는 어디 가서 그 옛 모습을 찾아볼 수 있을까요?

옛날 서울의 술집들은 지금처럼 요란하고 화려하지 않았습니다. 술 한잔 마시는 데 그렇게 큰돈이 필요하지 않았지요. 그냥 마음 편하게, 수수하게 번철 위에다 두툼하게 빈대떡이나 부쳐서 어리굴젓 곁들여 막걸리 한잔하는 조촐하고 수더분한 곳이었습니다.

냉면

　기온이 슬슬 높아지는 여름의 점심시간…… 오늘은 뭘 먹지? 뭐 입맛 나는 것 좀 없을까?

　이 음식을 먹을까, 저 음식을 먹을까 자꾸 망설이게 될 때, 많은 사람들에게 인기 있는 음식이 바로 냉면입니다. 역시 여름에는 시원한 냉면만큼 우리 입맛을 당기는 음식도 없죠.

　그런데 냉면이 원래 여름철 음식이 아니라 겨울철 음식이라는 걸 아십니까? 추운 겨울에 얼음이 서걱서걱한 동치미 국물에 만 메밀국수…… 엉덩이를 델 정도로 뜨끈뜨끈한 아랫목에 앉아서 먹는 바로 그 맛! 그게 진짜 옛날 냉면이었습니다. 그래서 고종 황제는 겨울철만 되면 여염집에서 냉면을 사오도록 해 동치미 국물에 말아 일부러 후루룩 큰 소리를 내면서 냉면을 즐겼다고 합니다. 소리를 크게 내면서 먹는 것이 냉면을 맛있게 먹는 비결이었죠.

C

평양냉면이 서울에서 팔리기 시작한 게 언제쯤이었는지 아십니까? 1920년 끝 무렵이었습니다. 1900년 파리 만국박람회에 냉장고가 처음 등장했는데 이 냉장시설이 도입되면서 얼음 육수를 공급할 수 있는 겨울에만 먹던 냉면을, 여름에도 손쉽게 만들게 된 거죠. 그래서 겨울철 절식이었던 냉면이 여름철 별미로 효용가치가 급상승하게 되었습니다.

그때만 해도 서울에는 설렁탕 외에 돋보이는 외식거리가 없었거든요. 기계에서 손쉽게 면을 뽑고, 약간 밍밍하지만 구수하면서도 맑은 육수에 고춧가루를 뿌린 색다른 먹을거리인 평양냉면은 곧 서울 사람들이 즐겨 먹는 별식으로 자리잡았습니다.

1920년대 말 서울의 냉면집 밖에서는 요즘의 드럼통만한 장대에 길게 늘어트린 흰 종이를 휘날렸습니다. 국수가 나오는 것을 표현한 것이었죠. 돈의동의 동양루가 맨 처음 이 특이한 광고 방식을 써서 화제를 모았고, 차츰 다른 가게에도 번져 그 무렵의 국수집에서는 모두 비슷한 간판을 세웠습니다.

그 시절에도 냉면집에서 집집마다 냉면 배달을 해줬습니다. 기다란 목판에 냉면 그릇을 열 개씩 올려놓고, 한 손으로 받쳐서 어깨에 메고, 다른 한 손으로는 자전거 손잡이를 잡고 배달을 갔습니다. 꼭 서커스단에서 재주를 부리는 사람 같았지요. 광교와 수표교 사이에 있는 콘크리트 다리 북쪽 개천가에 백양루라는 냉면집이 맛도 좋고 배달을 잘하기로 유명했습니다.

새우깡과 초코파이가 옛날의 그 맛이 아니듯, 이제 냉면도 수수하고 심심한 국물에서 화학감미료가 포함된 새콤달콤한 국물로 변해가고 있습니다. 뜨거운 햇살 아래에서 차갑게 먹는 냉면, 이 여름의 별미에도 우리의 역사가 담겨 있습니다.

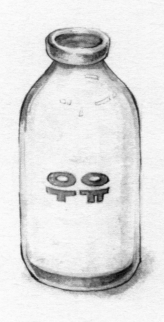

우유

어린 시절에 뜨거운 목욕탕에 가기 싫어했던 분들 많이 계셨을
겁니다.

"목욕하고 나서 시원한 초코우유 하나 사줄게."

초코우유, 바나나우유 사준다는 엄마의 한마디에 가기 싫은 목
욕탕에 따라가곤 했지요. 어쨌거나 지금은 우유가 흔한 세상이지
만, 지난날에는 우유 맛보기가 정말 힘들었거든요.

6·25 전쟁 이후에는 먹을 게 없었잖아요. 옥수수 가루나 밀가루
를 배급받아 끼니를 때우던 그 시절, 알루미늄으로 만든 누런색 찌
그러진 도시락통을 학교에 가지고 가면, 학교 마당 한쪽에 커다란
무쇠 가마솥을 걸어놓고 장작불 활활 지펴 뽀얀 우유 한 잔을 나눠

쳤습니다. 분유를 양동이로 한 바가지씩 넣고 펄펄 끓인 것이었죠. 아, 우유 맛이 바로 이런 것이구나, 그렇게 처음 알았습니다.

1950년부터 1957년까지 8년 동안 유엔 산하의 구호단체와 민간단체에서 우리에게 보내줬던 분유가 약 6300만 킬로그램입니다. 정말 엄청난 양이었지요. 아마 그 분유를 한 군데 쌓아놓았다면 월드컵경기장이나 종합운동장에 둬도 부족할 양일 겁니다.

구호물로 분유를 공짜로 먹은 것은 좋았지만 한동안은 누군가 그 분유를 뒤로 슬쩍 빼돌려서, 엉뚱하게 목장 우유로 둔갑해 유통시장을 뒤흔들었던 일도 있었습니다. 우리나라 낙농업 발전에 큰 장애가 된 일이었지요.

다행히 지금 우리가 마시는 우유는 진짜 신선한 목장 우유입니다. 아직 풀잎에 이슬도 마르지 않은 목장에서 방금 짜낸 우유들입니다.

◖

우리나라에는 1년에 무려 20톤 정도의 우유를 생산하는 젖소들이 있다고 합니다. 몸집은 다른 젖소와 비슷하고 사료를 먹는 양도 똑같은데 우유 생산량은 일반 젖소보다 세 배나 많은 소라고 하네요. 젖소 사육 기술을 비롯한 축산 기술이 대단히 좋아진 것이지요. 낙농에 대한 별다른 기술이 없던 때에는 젖소를 구할 때, 소의

엉덩이를 철썩 때려서 울음소리를 듣고 대충 눈대중으로 골랐다고 합니다.

낙농업을 하기 위해 땅을 고를 때도 워낙 경험이 없어 무조건 땅값이 싼 곳만 골랐습니다. 그러니 막상 젖소가 우유를 생산하고 나면 우유를 수집하는 집유소까지 운반할 방법이 없었지요. 젖소에서 짜낸 우유통을 지게에 짊어지고 꼭두새벽에 울퉁불퉁 논둑길을 터벅터벅 걸어서 5리, 10리는 걸어가야 큰 길이 나왔고, 털털털털 고물 버스를 타고 한참을 더 가야 우유회사 화물차를 만나는 곳에 다다랐습니다. 겨울에는 꽝꽝 얼어붙은 빙판길, 여름에는 질펀질펀 진흙탕 길에서 우유통을 싣고 얼마나 고생을 많이 했는지 모릅니다.

☾

이제는 우유가 남아돌아서 걱정인 시대입니다. 예전에는 아침마다 대문 앞에 '병우유'가 하나씩 배달되는 집은 정말 부잣집이었습니다. 동네에 한두 집밖에 없었으니까요. 우유 종류도 예전에는 '흰 우유' 하나뿐이었지만, 요즘에는 초코우유, 커피우유, 바나나우유, 딸기우유, 저지방우유, 칼슘우유 등 다양하더라고요.

예전의 우유광고에는 아주 환한 표정으로 밝게 웃는 꼬마아이가 맛있게 우유를 마시는 장면이 많이 나왔습니다. 우유를 다 마시고

난 다음 입술 주변에 우유 마신 흔적이 그대로 남아 있는 그 모습. 그 시절에는 매일매일 우유를 먹던 그 아이가 얼마나 부러웠는지 모릅니다.

예전에는 임금님이 후궁의 방에 들 때 몸보신으로 먹던 음식이 우유였다고 하잖아요. 이런 걸 보면 우유가 흔해진 지금이 얼마나 살기 좋은 시대인지요.

도시락

교복을 입던 학창 시절…… 그 시절엔 왜 그렇게 자주 배가 고 팠는지, 밥상에 숟가락 놓고 뒤돌아서서 두세 걸음만 걸으면 금방 또 배가 꺼졌어요. 학생들은 점심시간까지 못 기다리죠. 한 2, 3교 시만 끝났다 하면 하나둘 도시락을 까먹었습니다. 수업 시간이 돼 서 교실에 들어온 선생님은 문 열고 들어서자마자 양은 도시락 김 치 냄새를 맡고……

들어보셨나요? 우리 학교 다닐 때, 점심시간 전에 미리 도시락 까먹다 들키는 날에는 빈 도시락을 두드리며 다른 반 교실로 한 바 퀴 삥 돌아와야 했습니다. 숟가락으로 빈 도시락 딱! 딱! 딱! 두들 기고 다니면서 이렇게 외쳐야 했지요.

"안녕하세요, 3학년 5반 ○○○입니다. 앞으로 다시는 점심시간 전에 도시락 까먹지 않겠습니다!"

그렇게 혼나면서도 그 다음날에 또 도시락 까먹는 재미로 학교를 다녔습니다.

☾

1980년대까지만 해도 학생들이 들고 다니는 도시락은 다 양은 도시락이었습니다.

양은 도시락은 재질이 별로거든요. 도시락마다 뚜껑이 뒤틀려서 아래위로 잘 맞지도 않아 금세 찌그러지고, 도시락 빛깔도 금방 바래 서로서로 엇비슷해지거든요. 그래서 겨울이면 난로 위에 도시락을 올려놓았다가 서로 도시락이 뒤바뀌기도 했습니다. 뜨거운 난로 위에 올려놓았던 양은 도시락은 밑바닥이 뾰족한 송곳으로 쑤신 것처럼 흉하게 변해버렸습니다. 그리고 도시락 사이로 줄줄 흘러내리는 김치 국물…… 지금도 그 시큼한 김치 냄새가 물씬물씬 묻어납니다.

양은 도시락은 학교에서 체육대회를 할 때면 응원 도구로도 이용됐습니다. 빈 양은 도시락 속에 젓가락을 넣고 흔들면, 딸각 딸각 딸그락 딸각…… 여럿이 박자를 맞춰야 할 때는 빈 도시락을 흔드는 게 더없이 좋았습니다.

양은 도시락을 싸갖고 다니던 그 시절, 거의 모든 도시락은 꽁보리밥이었습니다. 그것도 부족해서 꽁보리밥하고 쑥하고 섞여 있는 경우도 많았지요. 양은 도시락 대신 하얀 손수건에 쑥떡을 싸오는 아이들도 있었습니다.

　　어쩌다 한 번 흰 쌀밥을 싸가면 점심시간에 도시락 뚜껑을 열기가 괜히 쑥스럽고 미안하고 죄를 지은 기분이었습니다. 그 쌀밥이 너무 매끈해서 오히려 목구멍으로 잘 넘어가지 않았지요. 쌀밥을 싸왔다고 아이들이 얼마나 떠들었는지 모릅니다.

　　당연히 도시락을 못 싸오는 학생들도 적지 않았습니다. 점심시간만 되면 이렇게 말하는 친구들도 있었죠.

　　"나는 아침에 밥 많이 먹고 와서 배 하나도 안 고프다, 야."

　　"우리집에 오늘 제사가 있어서 이따 제사 때 많이 먹으려고. 그래서 일부러 도시락 안 가져왔어."

　　그러고는 점심시간에 슬며시 나가 교실 밖으로 몸을 피해 수돗가에서 냉수를 벌컥벌컥 마시면서 허기진 배를 채웠습니다.

　　마음씨 좋은 아이들은 도시락 못 싸온 아이들하고 점심을 같이 나눠 먹었습니다. 못 싸온 아이가 창피하니까 교실 안에서는 안 먹었지요. 도시락 싼 보자기를 들고 슬며시 둘이서 교실 밖으로 나갔습니다. 학교 옆에 있는 논둑이나 햇볕 잘 드는 따뜻한 학교 담장 아래 나란히 앉아서 젓가락 하나로 둘이서 나눠 먹었습니다. 그렇게 가난하던 시절에도 이런 우정으로 살아왔지요.

그 시절 도시락을 못 싸와서 배를 곯던 옛날 친구들…… 지금은 어디서 어떻게 살고 있을까요. 오늘 같은 날에는 묵은 사진첩이라도 한번 뒤져보고 싶습니다.

설렁탕

쇠머리와 쇠족, 사골과 곱창, 우설, 허파 그리고 양지머리와 사태육, 유통 같은 것을 넣고 십여 시간 푹 고아냅니다. 도중에 양지머리와 사태육은 건져서 베보자기에 싸 눌러 편육으로 만들고, 양과 내장육도 건져서 썰고, 뼈는 계속 고아 골수가 완전히 빠져 녹으면 건져냅니다. 뚝배기에 밥을 담고 그 위에 준비한 편육과 내장육을 얹어 국물을 붓습니다. 먹기 전에 소금과 고춧가루, 후춧가루, 잘게 썬 굵은 파를 넣어 간을 맞춥니다.

이제 어떤 음식인지 아시겠죠? 가장 대중적인 음식으로 꼽는 설렁탕 이야기입니다.

서울 사람들은 설렁탕이 서울을 대표하는 음식이라는 사실을 잘 모릅니다. 설렁탕은 서울 토박이 서민들의 사랑받는 외식 메뉴이면서 타지 사람들이 한 번쯤 먹어보고 싶어한 음식이기도 했습니다.

설렁탕이 서울의 대표 음식으로 자리잡은 데에는 서울을 상징하는 음식이 '국밥'이라는 점과 관련이 있습니다. 한 뚝배기 안에 밥과 국, 그리고 깍두기 국물을 섞어서 후루룩 마시듯 먹던 국밥은, 조선시대부터 지금까지 전국 그 어느 곳보다 바쁘고 고단하게 살아가던 서울 서민들이 짧은 시간 안에 허기를 달래던 메뉴였지요. 그리고 그 국밥 가운데 지금까지 유명세를 유지하며 남아 있는 음식이 바로 설렁탕입니다.

☾

서울에서 설렁탕 맛 좋기로 유명했던 곳, 음식맛 좀 안다고 하는 사람들 입에 오르내리던 맛집을 아시나요?

종로 4가에 '대창옥'이라고 있었습니다. 그리고 중앙청 자리 뒤쪽에 있던 '적선옥'도 유명했습니다. 지금은 둘 다 없어진 지 오래됐지만요. 종로 네거리의 화신백화점 자리 뒤, 아카데미 극장으로 가는 골목길에 있던 '이문안' 설렁탕집이 서울에서는 제일 알아줬습니다. 나중에 생겨나 지금도 운영중인 '이문설농탕' 말고 원래의 '이문옥' 말입니다.

이문옥 설렁탕집은 5대를 내려온 집이었습니다. 그래서 그 집

설렁탕 맛은 다른 곳에서 흉내를 못 냈지요. 이 집은 할아버지 손 잡고 찾았던 사람이 나중에 다시 손자를 앞세우고 찾아오던 집이 었습니다. 국물이 아주 진국이었죠.

이 설렁탕집에서 이런 일이 있었습니다. 철종 때 안동 김씨 세도 가로 유명했던 영의정 김병국이 소문을 듣고서 가벼운 옷차림으로 이곳에 와 설렁탕을 한 그릇 시켜먹었습니다. 맛있게 다 먹고 보니 돈을 한 푼도 안 갖고 왔지 뭡니까?

"여보시오 주인장, 내가 사정이 이렇게 됐소. 잠시 후에 심부름 하는 아이 편에 보내리다."

점잖게 이야기를 했는데,

"아니, 난생처음 본 사람을 어떻게 믿을 수 있다고 그런 소릴 하 는 것이오!"

주인장이 이렇게 나오니 김병국의 입장이 난처해졌습니다. 그렇 게 김병국 대감과 주인장이 옥신각신하는 사이에 어느 허름한 차 림의 막벌이꾼이 김병국 대감의 음식값을 대신 내주고는 횅하니 사라졌습니다. 그는 그 막벌이꾼의 행동에 자극을 받아 '백성을 위 한 정치를 해야겠구나' 하고 정치 철학을 바꾸었다고 하네요.

얽힌 옛이야기가 이렇게 많았던 오래된 음식점들도 이제 다 자 취를 감추었습니다. 지금은 어디서 다시 이런 설렁탕을 먹어볼 수 있을까요? 장모님이 직접 끓여주신다면 혹시 몰라도, 이런 진국이 다시없을테니까요.

커피

오늘은 커피 몇 잔이나 드셨습니까?

날씨가 더우면 아이스커피 한잔, 쌀쌀할 때면 따끈한 커피 한잔
이 생각나곤 합니다. 일반 서민들이 커피를 처음으로 마신 건 언제
부터였을까요?

1910년을 전후로 서울 근교 고양 쪽에서 땔감을 싣고 오던 나무
장수들 사이에서 커피가 유행했다고 합니다. 어떠세요? 믿기 어려
운 이야기 아닌가요? 일반 서민들과 거리도 멀고, 특히 막노동꾼
이나 다름없는 나무장수들과 커피는 꽤 동떨어져 보이니까요. 어
떻게 해서 커피가 이들 사이에 퍼진 걸까요.

부래상富來祥이라는 이름을 쓰는 프랑스인이 있었습니다. 부래

상은 지금의 세종로 중구 소방서 뒤편에서 땔감나무 장사를 하고 있었지요. 땔감나무를 나무장수들에게 조금이라도 싼값에 많이 사들이려면 흥정을 잘해야 했습니다. 그러나 외국인이라 우리말도 서툴고 흥정이 쉽지 않았지요. 그래서 그는 새벽에 일찍 일어나 큰 보온병에 커피를 담아 가지고 나가, 창의문과 무악재를 넘어와 세종로를 지나는 나무장수들에게 다가가서 커피를 공짜로 나눠줬습니다. 커피 한잔을 따라주면서 "고양 부씨입니다" 하고 인사를 건네고 흥정을 했던 것입니다.

나무장수들은 처음에는 모닝커피가 도대체 뭔지, 마셔도 되는 건지 의심하기도 했지만 커피 맛을 본 다음에는 녹용보다 효과가 더 좋다며 즐겨 마셨다고 합니다. 또 빛깔이나 맛이 탕약과 비슷하다고 하여 서양에서 들어온 탕이라는 뜻으로 '양탕洋湯국'이라 부르기도 했고요. 그 와중에 부래상과 경쟁하던 다른 나무장수들은 커피를 즐겨 마시던 고종이 급사한 것을 보고 커피에 아편이 들어 있다고 안 좋은 소문을 내기도 했습니다.

하지만 부래상은 성공을 거둬, 자신의 이름을 딴 부래상 상회까지 가졌다고 합니다. 그러고는 성북구에 우아한 서양식 별장을 짓고 살았는데, 이 건물은 현재의 간송미술관이 되었습니다.

떠돌이 프랑스인이 커피를 홍보물로 삼아 나무시장에서 자리를 잡고 부자가 되었다니 꽤나 흥미로운 이야기죠.

종로 2가에 '멕시코'라는 다방이 있었습니다. 1929년 배우 김용규와 심영이 낸 다방인데, 돈을 벌자고 시작한 가게는 아니었습니다. 그 당시만 해도 다방이란 미술가나 음악가, 문학가 또 영화인 같은 문화인이 서로 인생을 이야기하고 예술을 논하기 위한 사랑방 역할을 하는 공간이었습니다.

겨울철엔 빨갛게 달아오른 톱밥 난로가 다방 안에서 훈훈하게 타오르고 있었습니다. 커피 한잔 마시면서 종일토록 벽에 기대앉아 세월을 보내는 사람들이 적지 않았던 시절, 그런 손님들을 가리켜 벽화처럼 온종일 움직이지 않는다고 해서 '벽화'라고도 불렀습니다. 다방 마담이 손님의 커피 기호를 외우고 있을 정도로, 커피를 마시러 오는 손님들과의 사이가 꼭 가족 같았습니다.

날씨가 추워지기 시작하면 따끈한 커피 향이 코끝으로 더 진하게 와닿곤 하죠. 따끈한 차 한잔은 그 시절이나 지금이나 사람과 사람 사이를 가깝게 해줍니다.

해장국

조선 후기의 풍속화가 신윤복의 그림 〈주막도〉를 아시나요? 이 그림에는 술국을 먹으러 온 한량들의 모습과 가마솥 앞에 앉아서 국자로 국을 떠주는 주모가 그려져 있습니다. 예전에 서울의 청진동에서 술국을 팔던 집들도 이런 모습이었습니다.

요즘에는 '해장국'이라고 하면 알아들어도 '술국'이라고 하면 알아듣지 못하는 사람이 꽤 많습니다. 사실은 다 같은 거지만 광복 전만 해도 해장국 대신 술국으로 통했습니다. 물론 예전 술국하고 지금의 해장국은 조금 다른 데가 있긴 하죠.

술국으로 통하던 그 시절엔 순전히 쇠뼈다귀를 푸욱 고아서, 된장을 풀고 시래기나 우거지를 넣어서 끓였습니다. 여기에 호박이나 감자를 넣기도 했고요. 요즘 해장국은 선지나 양 같은 걸 섞어 넣는데 1960년대 술국에는 선지를 넣지 않았습니다. 선지를 나중에 넣게 된 이유는 비싸진 쇠뼈다귀 값을 당해낼 수 없었기 때문이라고 하네요.

술국이라고 부르던 시절엔 뚝배기에다 뜨끈뜨끈한 국을 퍼담고 쇠뼈다귀를 수북하게 쌓아줘 정말 먹음직스러웠습니다.

☾

우리네 살림이 워낙 가난하여 동네 골목을 돌아다니며 "된장 팔아요, 된장!" 하며 장독대 된장까지도 내다팔던 시절이 있었습니다. 서울의 골목마다 남의 집 된장을 사 모으며 다니던 아주머니는 그 된장을 또 청진동 해장국집에 다시 넘겼지요. 그러니 이집 저집 곰삭은 된장이 두루두루 섞인 청진동 해장국 맛은 "아이고, 구수하다" 하는 소리가 나올 수밖에 없었습니다. 이것이 청진동 술국 맛이 더 좋았던 이유입니다.

호떡

서울에 중국인이 많이 살던 광복 이전에는 출출할 때 가장 인기
있는 먹거리가 바로 중국집에서 파는 호떡이었습니다. 그 당시 호
떡 한 개 값이 5전이었죠. 지름이 15~16센티미터는 되었을까요.
둥그런 호떡 한 개 먹으면 밥 안 먹어도 배부를 만큼, 꼭 보름달만
큼이나 컸습니다.

종로구 운현궁 쪽, 재동에 있던 호떡집이 제일 크고 맛 좋기로
소문이 나 있었습니다. 학생들끼리 이 호떡집에서 누가 호떡을 더
많이 먹나 내기를 한 적도 있었다고 합니다. 제일 많이 먹은 사람
이 일곱 개를 먹었다나요. 이 이야기는 서울 시민 사이에서 큰 화
젯거리까지 되었습니다. 그만큼 이 집 호떡 크기가 컸다는 이야기

입니다.

을지로 네거리, 명동 입구, 광화문 네거리 등 손꼽히는 호떡집이 여러 군데 있었지만, 재동의 호떡집이 유명했던 이유는 서울의 명문학교들이 이쪽에 몰려 있었기 때문입니다. 휘문, 중앙, 대동상고, 경기여고, 서쪽으로 조금 내려가면 지금의 경기고등학교인 제일고보, 중동, 덕성여고, 숙명여고 등 주변에 여러 학교가 밀집되어 있었지요. 그래서 이 주변에는 하숙집도 많았습니다.

한창 나이다보니 하숙집 밥 먹고 뒤돌아서면 또 배가 고팠습니다.

"너 오늘 고향에서 돈 보내주셨다면서?"

이 말은 무슨 뜻일까요? 바로 호떡 하나 사달라는 뜻이었습니다.

김장 김치

매년 김장은 어떻게 하시나요? 생활이 아무리 바뀌었다고 해도 알뜰살뜰 겨우살이 준비를 제대로 하기 위해서는 역시 김장을 담글 수밖에 없습니다. 김장 김치만 맛깔나게 잘 담가놓아도 겨울 한 철 반찬 걱정 없이 너끈히 지낼 수 있으니까요.

1960년대만 해도 서울의 여학교들은 11월 중에 일주일 동안 '김장 방학'이란 것을 했습니다. 이때 모든 여학생이 기숙사에 모여 겨울 동안 먹을 기숙사용 김장을 담갔지요. 김장 방학 동안 학교에서 선배 언니들이 김치 담그는 것을 보면서, 또 집에서는 어른들이 담그는 것을 보면서 어깨 너머로 김장을 배울 수 있었습니다. 그래서 예전에는 김장을 못 담그는 여자가 거의 없었습니다.

김장은 보통 입동 전후로 담궜습니다. 이때가 되면 특별히 김장 시장이 섰지요. 동대문 밖이나 왕십리 쪽, 또는 서대문 밖에서 소달구지에 무, 배추 같은 김장거리를 하나 가득 싣고 왔습니다. 1960년대 초만 해도 말죽거리에서 무, 배추가 많이 들어왔습니다. 서울 지역에서 전부 자급자족이 됐었죠.

소금이나 새우젓은 마포 쪽으로 나가면 싸게 사올 수 있었습니다. 새우젓으로 유명한 마포종점에 오가는 전차마다 아낙네들이 김장에 쓸 새우젓을 하나 가득 싣고 오니 새우젓 냄새가 가득했습니다. 요즘 젊은 사람들은 옛날 마포종점 부근에서 나던 새우젓 냄새, 간간하게 입맛 당기던 그 냄새를 모르겠지요.

서울 사람들은 김장을 담글 때 손바닥만한 참조기 새끼인 황석어를 많이 넣었습니다. 또 얕은 바닷속 바위에 붙어 사는 파랗고 가느다란 청각을 꼭 넣곤 했는데 요즘엔 잘 넣지 않죠. 이제는 서울 사람 입맛도 전국화가 된 모양입니다. 사람 입맛이라는 것도 세월 따라 자꾸 변하는 거니까요.

소고기

봄, 여름, 가을, 겨울 사계절 중에 한우가 가장 맛이 좋은 때가 언제일까요? 바로 겨울입니다. 하얗게 함박눈 내리는 겨울철에 구워 먹는 소고기 맛은 정말 일품입니다.

예전부터 소고기 맛을 제대로 즐길 줄 알았던 우리 선조들은 불고기를 꼭 참숯불에 구워 먹었다고 합니다. 숯불을 세게 활활 피워서 위에 재로 얇게 덮어주고 난 다음, 그 위에 살코기를 살짝 얹어줍니다. 그럼 고기가 지글지글 익습니다. 이 순간에 다시 고기를 들어냅니다. 그리고 이걸 찬물에 살짝 담갔다가 다시 꺼내서 아까처럼 숯불에 익히는 것을 세 번 반복한 다음에 갖은 양념을 한 양념장에 불고기를 척! 찍어서 먹곤 했습니다.

또다른 방법으로는 불고기 감에다가 밀가루를 살짝 발라 굽는 법도 있습니다. 들깨, 꽃가루 같은 것을 살살 뿌려도 좋습니다. 그래야 불고기를 구울 때 고기의 진미가 새어나가지 않아 맛이 한결 더 좋아진다죠. 또 함박눈이 내린 다음에 활활 타오르는 참숯불 위에 석쇠를 올려놓고 그 위에 구운 불고기를 젓가락으로 집어올린 뒤 눈밭에다가 살짝 식혀 먹는 방법도 있었습니다.

　불고기라고 해서 다 똑같은 불고기가 아니었지요. 우리의 음식 문화는 소고기 하나를 구워 먹을 때도 하나의 예술이었습니다.

상추

녹수청산 흐르는 물에 상치 씻는 저 처자야
상치 잎은 누굴 주려고 치마폭에 감추느냐
상치 잎은 남을 주어도 마음일랑은 나를 주게

민요에도 나올 만큼 상추는 우리나라 사람들이 즐겨 먹는 채소입니다. 예전이나 지금이나 고추밭 두둑에 딱 벌어진 상추를 뜯어서 가느다란 실파를 척 얹고 약이 바짝 오른 고추를 고추장에 푹 찍어서 함께 먹으면…… 아이고, 정말 맛이 좋습니다.

1970년대 초만 해도 상추는 여름 한철에 먹는 계절 채소였습니다. 제철에 제 밭에서 해를 보면서 자란 토종 상추이니 씹히는 맛이 사각사각하면서도 고소한 맛이 일품이었죠.

☾

똑같은 상추라고 해도 심는 지역에 따라 색깔도 다르고 맛도 달랐습니다. 맛 좋기로 널리 알려진 토종상추로는, 오그라기 계통의 뚝섬 상추, 은평 오그라기, 치마상추 계통으로는 상계동 상추, 개봉동 상추가 유명했습니다. 특히 뚝섬 상추는 맛 좋기로 첫손에 꼽혔습니다.

뚝섬 상추도 빛깔에 따라 적상추와 청상추 둘로 나뉘었는데 잎이 연하면서도 윤기가 자르르 흐르고, 잎이 오글오글해 상추쌈을 먹을 때 사각사각 소리가 났습니다. 뚝섬 쪽에 포플러 숲, 미루나무 숲이 우거져 있던 시절, 뚝섬 상추 덕분에 서울 시민들이 무더운 여름 한철을 건강하게 지낼 수 있었지요.

상추와 쑥갓을 같이 곁들여 그릇에 담는 꿈이 있습니다. 이 꿈은 부부 사이에 마음이 꼭 맞아 어렵고 궂은일도 거침없이 척척 해낸다는 뜻을 담고 있답니다. 부부 금실도 좋아질 겸, 아이들과 자연에서 여가생활을 즐기며 밀린 이야기꽃도 오순도순 피우며, 상추와 쑥갓 같은 농산물을 내 손으로 한번 가꿔보는 건 어떨까요?

한강의 물고기

한강에서 잡히던 물고기 중에 '웅어'라는 물고기가 있었습니다. 멸치과에 속하는 바닷물고기인데 맛이 좋기로 소문나 조선시대에 임금님 수라상에 올랐던 물고기입니다. 워낙 귀해서 조선 말기에는 한강의 행주 쪽에 사옹원司饔院 소속의 위어소葦漁所를 따로 두고 웅어를 잡아 왕가에 진상했습니다. '위어소'의 '위葦'는 갈대를 뜻하는데 웅어가 갈대숲에서 많이 자란다고 하여 그렇게 불렀습니다.

회유성 물고기인 웅어는 4, 5월에 바다에서 강의 하류로 거슬러 올라와 6, 7월에 갈대숲에서 산란을 합니다. 그렇게 태어난 어린 물고기들이 여름부터 가을까지 바다에 가서 겨울을 지내고 다음해 봄에 다시 자기가 태어난 강으로 올라옵니다. 그러니 봄이 되면 바다에서 올라오는 웅어를 한강에서 맛볼 수 있었던 거죠. 요즘 서울 사람들은 구경조차 못했을 물고기겠지만요.

◖

"여름에 물속에 넓은 천을 깔면 얼마 후에 밀어 떼가 몰려와서 배지느러미로 된 빨판으로 천에 달라붙을 것이다. 많은 수가 붙는 것을 기다렸다가 천의 네 귀를 잡고 조용히 들어올리면 많은 밀어를 한꺼번에 잡을 수 있다."

조선시대 실학자 서유구의 『임원경제지』 중 「전어지」에 소개되는 '밀어'는 한강 상류에서 많이 잡히던 물고기였습니다. 또다른 말로는 '효자 고기'라고도 했는데 『효암서원지』에는 이런 이야기가 실려 있지요.

"조선시대에 강응정이라는 선비가 병든 어머니를 봉양하기 위해 어머니의 소원대로 장에 나가 보신탕을 사오던 길이었다. 그날따라 눈길이 미끄러운 바람에 뜨거운 보신탕 그릇을 들고 개천을 건너다가 얼음 때문에 미끄러져버렸다. 그런데 뜨거운 국물에 녹아서 뚫린 얼음 구멍 속에는 이름 모를 물고기들이 빽빽하게 모여들었다. 그래서 강선비는 그 물고기들을 잡아 집으로 돌아온 뒤 보신탕 대신 어머니에게 민물고기탕을 끓여 올렸는데 그 뒤로 마을사람들은 밀어를 효자 고기라고 불렀다."

5월부터 8월 사이에 산란을 하는 밀어는 예전부터 서울 사람들이 많이 찾는 별미였습니다. 특히 두부와 함께 끓인 밀어두부탕의 맛이 아주 좋지요.

밀어두부탕은 이렇게 만듭니다. 일단 밀어를 잡아 냄비나 솥에 넣은 다음, 물을 붓고 두부 몇 개를 넣은 뒤에 팔팔 끓입니다. 그러면 밀어들이 뜨거워 견디지 못해 두부 속으로 자꾸자꾸 파고들어 가겠지요. 이윽고 밀어가 두부와 함께 익는데, 밀어가 들어간 그 두부를 썰어 먹으면 됩니다. 아주 별미였습니다.

☾

한동안 한강에서 거의 사라졌던 뱀장어와 학꽁치는 물론이고, 잠실 수중보 부근에서는 봄철에만 잡히는 귀한 물고기인 황복도 발견됐다고 합니다. 그 옛날 한강에서 유난히 잘 잡히기로 소문났던 웅어, 밀어, 쏘가리들도 다시 돌아오고 있다고 하고요. 한강을 되살리려는 시민들의 관심이 높아졌다는 증거겠지요. 그 많았던 물고기들이 더 많이 한강으로 돌아오기를 기대해봅니다.

칡

군것질거리가 넉넉하지 않았던 제 어린 시절에 가장 만만한 군
것질거리는 칡이었습니다. 본격적으로 잎이 돋아나기 직전에 산에
가서 칡을 캐다가 톱으로 쓱싹 썰어왔습니다. 꼭 판소리 〈흥보가〉
에서 흥보가 박을 탈 때처럼 쓱싹 썬 칡뿌리를 질겅질겅 씹어 먹던
맛! 잊지 못할 추억입니다.

서울에서 칡넝쿨이 많기로 유명했던 고개가 지금의 공항동에 있
는 칡불고개였습니다. 지금은 그 터가 김포공항이 만들어질 때 깎
여 흔적도 찾아볼 수 없지만, 서울에서 칡뿌리 맛이 좋기로 첫손에
꼽히던 고개였죠.

먹을 것이 귀하던 그 시절에는 칡의 여린 잎사귀를 나물로 무쳐

먹었습니다. 또 칡뿌리를 온화한 불에다 끓이면 감기 몸살에 좋다는 갈근탕이 됩니다. 칡의 꽃은 '갈화'라고 해서 술을 많이 마셔 생긴 주독을 없애주는 데 효과가 아주 좋지요. 또 말린 칡뿌리를 가루로 만든 뒤에 녹두가루와 섞어서 만든 갈분국수도 맛이 참 좋았습니다.

예전엔 계곡과 계곡 사이를 건너는 다리를 놓을 때 칡넝쿨을 얼기설기 엮어서 사용했습니다. 한 예로 임진왜란 때 군사 지원을 온 명나라군이 임진강을 건너지 못해 진격을 늦추자 칡덩굴로 다리를 놓아 강을 건너게 했다는 기록도 있습니다.

지금은 칡덩굴이 쓸모가 별로 없는 것 같아도 1960년대에는 집을 지을 때 건축의 부재료로 이용하거나 가축의 사료로도 썼습니다. 물고기 잡을 때 주낙줄로도 쓰고 옷을 만들어 입기도 했습니다. 칡덩굴로 짠 옷은 눈처럼 하얗고 반짝반짝 윤이 나서 옷감 중에서도 최상품으로 쳐주었지요.

옛날 시골 고향에서는 부엌 아궁이에서 나온 재를 퍼 나를 때 삼태기를 사용했습니다. 역시 통칡으로 이리저리 엮어 사용했지요. 부뚜막에서 뜨거운 솥이나 냄비 같은 걸 올려놓기 위해서도 통칡을 둘둘 말아 썼습니다. 보리타작할 때 쓰는 도리깨를 엮는 데도 칡덩굴을 많이 사용했습니다. 칡은 덩굴은 덩굴대로, 뿌리는 뿌리대로 하나도 버릴 게 없습니다.

☾

어린 시절을 노원구에서 보내신 분들은 아시겠지요. 노원구 상계동 1122번지 일대는 예전부터 '갈울'이라고 불러왔습니다. 또다른 말로는 '갈월'이라고도 불렀고요. 산 밑으로 우묵하게 들어가 있어 마치 초승달처럼 생긴 갈울은 노원구에서도 유일하게 토착민이 많이 살던 곳인데, 예전부터 칡이 많기로 유명했습니다.

'칡으로 바다를 이루었다'고 해서 칡 갈葛에 바다 해海를 사용해 '갈해동'이라고도 불렀습니다. 노원구 일대에서 어린 시절을 보낸 분들은 곡괭이 들고 칡뿌리를 캐러 산에 자주 가셨을 겁니다. 뿌리 하나만 잘 캐내면 석 달쯤은 입이 심심하지 않았지요. 어린 시절에 특별히 좋은 음식을 먹고 자라진 못했어도 가끔가다 캐먹은 칡뿌리 덕분에, 이날 이때까지 건강을 잘 지켜온 건 아닌가 하는 생각도 해봅니다.

참새구이

시골에서는 겨울 한철 제일 재미있었던 일이 참새잡이였습니다. 그때는 참새들이 초가집 여기저기에 집을 많이 짓고 살았거든요. 긴 겨울밤, 이집 저집 돌아다니면서 지붕에 있는 참새를 잡아 구워 먹던 일이 어찌나 재미있던지요.

손전등이 귀하다보니 아이들은 초에 불을 켜고 다녔습니다. 참새 집을 찾다가 촛불을 초가집 추녀에 들이대 초가지붕을 태워버리는 바람에 볼기짝이 찐빵처럼 붓도록 혼난 적도 있었죠.

제대로 된 군것질거리가 없던 시절이라 늘 먹는 게 부실했습니다. 어른들은 참새가 어린아이들 몸보신에 더없이 좋다는 말씀을 자주 하셨습니다. 그 말을 듣고 겨울 한철에는 참새구이로 몸보신을 했습니다. 털을 다 벗기면 살도 별로 안 붙어 있어 한입에 쏙 들어가는 크기밖에 안 되지만 그 맛이 얼마나 고소했는데요. '내 고기 한 점하고 네 고기 열 점하고 안 바꾼다' 할 정도로 일품이었습니다.

◖

어린 시절엔 참새들이 참 많았습니다. 논에서 "휘이, 휘어이" 목청 크게 참새를 쫓아도 이쪽 논에서 쫓으면 저쪽으로, 저쪽 논에서 쫓으면 이쪽으로, 윗논으로 갔다가 아랫논으로 다시 오고……

마포구 망원동 473번지에서 476번지 일대는 참새가 많기로 유명했습니다. 이쪽은 한강에서 올라온 가물치와 잉어, 메기도 많아 밤새워 고기를 잡았던 방울내였는데, 밤새도록 이곳에서 호롱불을 켜고 참새를 잡곤 했습니다.

그렇게 많던 참새도 이제는 그 수가 많이 줄었습니다. 그렇게 재미났던 참새잡이도 이제 까마득한 추억이 되어버렸네요.

라면

1963년 9월 15일. 라면이 우리나라에 첫선을 보인 날입니다. 역사가 오래된 식품이죠. 지금은 라면이 출출함을 달래주는 야식이나 간편하게 먹을 수 있는 식사로 여겨지지만, 처음 등장했을 때라면은 배고픔에 시달리는 서민을 위한 음식이었습니다.

그 시절에는 남대문 시장에 나가면 미군 부대에서 쓰레기통에 버린 음식 찌꺼기를 끓인 꿀꿀이죽을 한 그릇당 5원에 팔았습니다. 그거라도 사먹기 위해 사람들이 길게 줄을 서는 일이 흔했고요. 삼양식품의 창업자 전중윤 회장이 그것을 보고 식량 자급 문제 해결이 시급하다고 생각해, 편리하고 저렴한 가격에 먹을 수 있는 음식을 생각하다가 일본에서 봤던 라면을 국내에서 생산하기로 계획했습니다.

당시 라면 한 봉지가 얼마였는지 아시나요? 서울 시내 다방에서 커피 한 잔이 35원하던 시절, 라면 한 봉지 가격은 단돈 10원이었습니다. 서민을 위해 태어난 식품이니까요.

서울 성북구 하월곡동에 라면 공장이 제일 처음 세워졌습니다. 라면이 뭔지도 알려지지 않았던 시절이었습니다. 그래서 회사에서는 직원 부인들까지 동원해 길에다 커다란 가마솥을 걸고 즉석에서 라면을 끓여, 지나가는 사람들을 상대로 시식도 많이 하곤 했습니다.

☾

지금의 이탈리안 레스토랑에 버금갈 만큼 '분식센타'라는 게 유행한 때도 있습니다. 1969년 충무로 2가에 문을 열었던 '월하月下의 집'은 특히 젊은이가 많이 모이기로 유명했습니다. 당시 최고의 영화배우들이 직영하는 곳이었는데 이곳에 가면 신성일, 문희 같은 톱스타들이 순번대로 돌아가면서 손님들 라면을 끓여주는 시중을 들었습니다.

톱스타도 보고 맛있는 라면도 먹을 수 있으니 젊은이들 사이에 큰 인기였죠. 이곳은 서울의 명소로 자리잡았고 때로는 앉을 자리가 부족해 순번을 기다리는 일도 있었습니다.

1969년 1월에 정부는 혼·분식 장려 운동을 시작했습니다. 보리, 콩, 조 등 잡곡을 섞은 밥을 먹는 혼식混食, 또는 밀가루 음식을 먹는 분식粉食을 하면 몸이 건강해진다고 홍보했지만, 사실은 식량이 모자라 잡곡이나 밀가루로 식사를 보충하기 위함이었습니다. 혼·분식을 장려하기 위한 〈혼분식의 노래〉도 있었습니다.

"들에는 맑은 바람 뜨거운 햇볕 / 빛깔도 곱게 오곡을 키워 / 그 곡식 고루 먹고 자라는 우리 / 넘치는 영양에 살찌는 살림 / 쑥쑥 키가 큰다 힘이 오른다 / 혼식 분식에 약한 몸 없다 / 하얀 국수가락 맛좋은 빵에 / 고소한 잡곡밥 그 맛을 알며 / 해와 같이 밝은 마음 튼튼한 육체 / 우리도 넉넉히 살 수 있어요 / 쑥쑥 키가 큰다 힘이 오른다 / 혼식 분식에 약한 몸 없다"

1977년에 이르러 드디어 식량 자급에 성공해 무리한 혼·분식 장려 정책은 사라졌지만, 이미 한국인의 입맛은 밀가루에 길들여졌습니다. 요즘도 쌀밥보다는 빵이나 라면 같은 밀가루 음식을 즐겨 먹는 사람들이 많으니까요.

처음 라면이 등장했을 때 그것은 단순히 면과 수프의 조합이었습니다. 세월이 흐르고 사람들의 입맛도 변하면서 떡라면, 치즈라면, 카레라면, 짜장라면까지, 별의별 라면이 다 생겼지요. 이제 라면 종류는 200가지가 넘고, 해외로도 수출하는 등 시장 규모도 엄청나게 커졌습니다. 서민들의 허기를 달래주던 라면은 이제 제2의 주식으로, 그리고 이제 전세계인의 간식으로 거듭나고 있습니다.

무교동 낙지

서울 중구에 있는 무교동은 명동, 다동과 함께 사대문 안의 대표적인 환락지구로 손꼽히는 곳입니다. 술집과 음식점이 즐비하게 늘어서 있죠. 1980년대 이후 도심지 재개발 지구로 지정되어 큰 건물들이 들어서면서 옛 모습은 사라졌지만 본래 무교동과 을지로 1가는 하나의 마을이었습니다. 무기를 제조하는 관아가 있어 무인 무武를 써서 무교동으로 불리었죠.

1960년대 초만 해도 무교동 술집들은 안주거리로 참새구이가 유명했고 녹두부침이 맛있는 집들도 많았습니다. 워낙 예전부터 많은 사람들이 먹거리를 찾아오던 곳이었습니다. 하지만 뭐니 뭐니 해도 무교동의 대표적인 먹을거리는 무교동 낙지입니다. 스트

레스에 시달리거나 감기에 걸려 입맛이 없을 때 가장 먼저 생각나는 음식이 뭐냐고 물으면 무교동 낙지를 손꼽는 사람들이 많습니다. 지금도 무교동 낙지 이야기만 나오면 콧등에 송알송알 땀방울이 솟아오르고 입에 침이 고이지요.

무교동 낙지 골목이 어디에 있었는지 모르는 분들도 많을 겁니다. 지금의 세종로 네거리 동아일보 뒤편으로 좁은 길이 하나 있습니다. 원래는 개천이 흐르던 자리인데, 개천 복개한 길을 건너 좁은 골목길로 들어가면 그쪽이 전부 낙지집이었습니다. 골목 안 양편에 낙지집이 서른 군데는 되었을 겁니다. 손님도 참 많았습니다. 가게마다 앉을 자리가 없었을 정도였으니까요. 그렇게 매운 게 어떻게 입맛에 그리 맞았는지…… 무교동 낙지만 먹으면 웬만한 콧물감기, 몸살은 다 도망갔습니다.

◖

예전엔 젊은이들이 모임이 있을 때 무교동 낙지집에서 만나곤 했습니다. 주머니가 가벼운 직장인이 자주 들락거릴 만큼 값도 저렴한 편이었죠. 고춧가루 듬뿍 넣고 마늘 다진 것도 넉넉히 넣은 매운맛이 아주 별미였습니다. 입이 얼얼할 정도로 매운 낙지를 먹으면서 뜨거운 조개탕 국물 한 모금 마시고 나면 속이 다 풀리곤 했습니다. 1970년대 중반만 해도 조개탕엔 커다란 대합조개가 들어갔는데 지금은 대합이 아닌 모시조개로 국물을 내고 있습니다.

조개 하니, '봄 조개, 가을 낙지'라는 옛말이 떠오르네요. 말 그대로 봄에는 조개 맛이 좋고, 가을에는 낙지 맛이 좋다는 뜻입니다. 가을에 무교동 낙지에 소주 한잔하고 골목길을 빠져나올 때 가로수 낙엽이 쌓인 길을 따라 걸으면 분위기가 아주 그만이었죠. 1970년대 가을, 낙엽을 밟으며 명동까지 슬슬 걸어가는 낭만이 있었습니다. 그 시절만 해도 허름한 뒷골목이 곳곳에 많이 남아 있었으니까요. 서울이 그만큼 여유가 있는 도시였다고 할 수도 있겠죠.

무교동 재개발 사업과 함께 자리를 옮기거나 한동안 사라졌던 낙지집들. 근년 들어 무교동 일대에 그 매운 낙지집들이 하나둘씩 다시 들어서고 있습니다. 서울의 아름다운 추억들도 그처럼 하나둘씩 되살아나길 기대해봅니다.

동지 팥죽

1년 중에 밤이 가장 길고 낮이 가장 짧은 날이 동지입니다. 동지를 '작은 설'이라고 해서 설에 떡국을 끓여 먹듯이 동지에는 팥죽을 쑤어먹어 '동지차례' 지낸다는 말을 쓰기도 합니다.

팥죽은 특히 잔병을 없애고 건강해지며 액을 면하는 음식이라고 해서 이웃끼리 서로 나누어 먹었습니다. 살림이 가난한 사람은 때 맞춰서 음식을 해먹기가 어려웠거든요. 그럴 땐 옆집에서 그냥 보고만 있지 않았죠. 맛이나 보라고 팥죽을 조금 가져다주고, 조금 있다가 또 앞집에서 가져다주고…… 집집마다 전부 맛이나 보라고 팥죽을 한 동이씩 보내오는 바람에 가난한 집이 동짓날 팥죽 맛을 더 많이 봤다고 합니다.

　동지팥죽 때문에 팥죽이 겨울 음식이라고 생각하기 쉽지만, 예전에 남대문 시장이나 동대문 시장에 새벽녘에 일하러 나온 사람들은 계절에 관계없이 팥죽으로 요기를 했습니다. 종로 5가 동대문 시장을 낀 쪽에 팥죽집들이 여러 군데 있었고, 자그마한 동이에 팥죽을 이고 나와 파는 사람들도 많았습니다. 팥죽만 전문으로 쑤어 이른 새벽부터 팔았는데 아침나절이면 다 팔려버렸죠. 새벽에 집을 나온 사람들이 따끈따끈한 팥죽으로 시장한 배를 메웠으니까요.

　혹시 이런 꿈을 꾸신 적 있나요? 붉은 팥이 항아리 안에 가득 담겨 있는 꿈 말입니다. 집안의 여자 덕에 재물과 돈이 치마폭 안에 가득 담기게 되는 꿈이라고 합니다. 꿈에 붉은 팥이 등장하면 운수 대통 한다고 하죠.

　굳이 동짓날이 아니어도 좋으니 오랜만에 팥죽 한번 쑤어 먹으면 어떨까요. 옆집, 앞집과 나눠 먹으면서 이웃사촌임을 확인할 겸 말입니다.

보쌈김치

김장김치가 지역에 따라 다른 가장 큰 이유는 기온 차이 때문이라고 합니다.

북쪽 지방은 기온이 낮아 김장 간을 싱겁게 합니다. 또 양념도 담백하고 채소의 신선미를 그대로 살리는 게 특징이고요. 남쪽 지방은 대개 젓국을 많이 쓰고 마늘이나 생강, 고춧가루를 넉넉히 넣어 젓국의 냄새를 가시게 하는 게 특징입니다. 그리고 예전부터 서울을 비롯한 경기 지역은 싱겁지도 짜지도 않게, 그러면서 새우젓과 조기젓, 황석어젓 같은 담백한 젓국을 즐겨 쓰는 편이었습니다.

배춧잎에 파, 마늘, 생강, 고추를 채 썰어 넣고 여기에 배와 밤, 대추 같은 온갖 과일과 낙지, 마른 북어 같은 해물을 넣어 보자기처럼 싸서 익혀 먹는 보쌈김치. 넓은 배춧잎을 쭉쭉 갈라 밥과 같이 싸 먹으면 그 맛이 김치 중에서도 단연 으뜸이었습니다. 그뿐인가요. 안에 담긴 해물과 과일을 골라 먹는 재미와 맛도 일품이지요.

보쌈김치는 어느 지역의 김치였을까요? 보통 개성지방의 겨울철 별미로 알고 있지만, 알고 보면 원래는 서울 궁궐에서 발전한 궁중음식이었습니다. 고급 재료가 많이 들어가기 때문에 민가에서는 담그지 않았고, 궁중에 출입하던 대갓집에서나 맛볼 수 있었습니다. 궁중에서 임금께 바쳤던 요리가 민간으로 널리 알려지면서 발전한 김치라고 할 수 있죠.

보쌈김치가 서울 궁중음식이 아닌 개성음식으로 알려진 이유는 주재료인 배추에 있습니다. 1910년 이전, 조선에서는 경성배추와 개성배추가 맛이 좋기로 유명했습니다. 경성배추는 속이 알차고 잎이 짧은 반면, 개성배추는 잎이 크고 넓지만 속은 알차지 않았습니다. 보쌈을 싸기에는 잎이 크고 넓은 개성배추가 훨씬 좋아서 궁중에서 보쌈김치를 담글 때면 일부러 개성에서 배추를 가져와서 담갔다고 합니다. 이러한 배경 때문에 보쌈김치가 개성김치로 알려진 것이 아닐까 생각해봅니다.

다시 말하자면, 보쌈김치의 고향은 개성이 아니라 서울의 궁궐인 셈입니다.

엿

어린 시절, 날씨가 추워 남의 집 토담 아래 햇볕 잘 드는 양지에서 옹기종기 모여 놀다가 저멀리서 들려오는 엿장수의 가위 소리…… 정말 반가운 소리였습니다.

철컥 철컥 철커덕~ 소리가 들려오기 시작하면 마음이 갑자기 급해졌습니다. 금방 혀끝에 달짝지근한 침이 고이고, 꿀꺽꿀꺽 침 넘어가는 소리가 들렸지요. 모두가 살기 어려운 시절이라 요즘처럼 부모님에게 용돈을 타 쓰지 못했잖아요. 마루 밑에 숨겨놓았던 다 떨어진 헌 고무신도 이미 엿 바꿔 먹은 지 오래고, 찌그러진 양은 냄비도 엿 바꿔 먹은 지 오래고…… 어디 그뿐인가요? 대청마루에 놓여 있던 뒤주, 그 뒤주 위에 있던 백자 항아리도 어른들 몰래

몰래 엿 바꿔 먹은 지 오래…… 그러다보니 이제는 남의 집 문고리라도 빼들고 나간다는 말이 나오게 되었습니다. '버릇 고치라니까 과부 집 문고리 빼들고 엿장수 부른다.' 이 속담은 그래서 나온 이야기입니다. 그 정도로 엿이 먹고 싶었고, 그 정도로 겨울철 엿 맛이 좋았습니다.

☾

"자 엿 사시오, 엿을 사. 남원 광한루 대들보 같고, 밀양 영남루 기둥 같고."
"굵은 엿, 헐한 엿. 어디를 가면 거저를 주나. 같은 값이면 이리들 와요."
"울릉도라 호박엿. 평창 대화 옥수수엿. 바삭거리는 창평엿."

노랫소리와 함께 덩실덩실 어깨춤도 구성졌던 그 예전의 엿장수들. 인심도 좋았지만 주워섬기는 엿단쇠 소리 속엔 간간히 상스러운 말도 끼어 있었습니다.

판소리 명창 중에 신영채라고 있었습니다. 명창이었던 이동백, 박녹주, 조몽실과 함께 '조선음악단'에서 활동한 분입니다.

"일락서산에 해 떨어지고, 요, 내 엿판에 엿 떨어진다. 말만 잘해도 거저를 주지. 자 엿 사시오, 엿을 사요."

이 신영채는 젊었을 때 엿판을 메고 다니면서 가위소리에 맞춰 엿을 팔았습니다. 그러다가 명창 전도성을 만나 본격적으로 공부를 하면서 비로소 판소리 명창이 되었다고 합니다.

☾

조선시대부터 서울에서 엿장수들에게 엿을 공급하던 곳이 바로 용산구 서계동입니다. 서계동의 배다리로 불리던 일대에 엿 만드는 '엿방' 자리가 있었습니다. 지금은 만초천 복개공사로 인해 자취를 감춰서 서계동 사는 사람들도 아마 잘 모를 겁니다.

그 시절 서울에서는 설 명절을 앞두고 엿 고는 달콤한 냄새가 골목마다 진하게 풍겼습니다. 예전에는 당분을 엿에서 얻었으니까요. 엿에다 볶은 콩을 먹기 좋게 묻힌 콩강정도 만들었는데 정초에 세배 오는 아이들에게 주었습니다. 세뱃돈을 주는 게 요즘 풍속이라지만 엿이나 다식, 한과 같은 우리 고유의 먹거리도 명절을 통해 다시 한번 되살리면 좋겠습니다.

약수

도시 생활에서 얼마 없는 즐거움 중 하나는 이른 아침에 하는 가벼운 등산입니다. 산에 올라가 맑은 공기도 마시고, 하산하는 길에 덤으로 약수도 받아오고요.

서울에는 이름난 약수터가 참 많았습니다. 특히 남산은 물맛 좋은 약수터가 많아 큰 자랑거리였지요. 남산의 부엉바위 약수를 몇 달 마시고 위장병, 피부병, 신경통이 싹 나았다고 하는 이들이 많았습니다.

약수를 마시고 모든 병이 싹 나았다는 건 조금 과장된 이야기일지도 모르지만 그만큼 부엉바위 약수는 물맛이 좋기로 유명했습니다. 또 종로구 행촌동의 약박골 약물터도 물맛 좋기로 유명했습니다. 북아현동 법천사 담 밖의 큰 바위틈에서 나오던 너분배 약물, 응암동의 배바위 약물, 옥수동의 옥정수 우물, 둔촌동의 둔촌 약물…… 지금은 이름도 사라져버렸지만 여기저기 소문난 약수터들이 많았습니다.

☾

생수를 약수로 이용하는 사람들이 많아진 건 1960년 이후부터였습니다. 상수도 취수원인 한강이 오염되면서 건강관리에 관심 높은 시민들이 수돗물 대신 지하수나 바위틈에서 흘러나오는 생수를 약수로 마시기 시작했습니다. 약수를 마시면 기분도 상쾌해지고 몸속의 독을 배설시켜준다고도 했으니까요.

요즘에는 집 앞 약수터의 물도 그렇고, 등산길에서 힘들게 떠온 샘물도 그렇고…… 약수 한번 잘못 마시면 오히려 병원 신세를 질수도 있습니다. 대장균을 비롯해 일반 세균이 기준치 이상 발견된 약수터들이 적지 않다고, 자칫 잘못하면 오히려 건강을 해칠 수 있다고 하네요.

그 유명했던 부엉바위 약수도 식수로는 부적합하다는 판정이 나왔습니다. 약수터 주변에서 무속 행위가 잦았고, 많은 사람들이 붐비다보니 수질이 안 좋아진 것이겠죠. 하나둘 사라져가는 약수터, 옛날 명성 그대로 물맛이 잘 보존되면 좋겠는데 말입니다.

막걸리

농촌에서 가을걷이할 무렵에는 논둑에 삥 둘러앉아 새참을 먹는 재미가 있었습니다. 새참이 나올 때 따라오는 막걸리 맛도 참 좋았지요. 무거운 새참 광주리를 이고 나오면서도 한쪽 손엔 큼지막한 막걸리 주전자가 들려 있었습니다. 막걸리 한 사발 쭉 들이켜고 손가락으로 열무김치 하나 입에 넣으면 안주가 따로 필요 없었죠.

농사철 새참 때마다 번번이 막걸리를 퍼내는 일도 큰일이었습니다. 마시는 사람은 많고 술독의 막걸리는 다 떨어져가고…… 술이 모자랄 때는 우물물을 부어 휘휘 저어서 마시기도 했습니다. 그래서 모내기철 막걸리는 싱거울 때가 많았죠. 그래도 된장에 푹 찍은 풋고추를 안주 삼아 벌컥벌컥 잘도 마셨습니다. 술잔이 따로 있었던 것도 아니고 바가지 하나로 서로 돌려가면서요. 그렇게 정겨웠던 모습들이 그립습니다.

막걸리가 아니었으면 그 시기를 무슨 힘으로 견딜 수 있었을까요. 막걸리라는 게 갈증은 갈증대로 씻어주면서 한편으로는 시장기도 달래주는 더없이 좋은 농주였잖아요? 모심기할 때도 그렇고, 두벌논을 매면서 새참으로 목을 축일 때도 그렇고, 벼베기를 할 때도 그렇고…… 막걸리 힘으로 힘든 농사일을 견뎌낼 수 있었습니다. 그래서 예전에는 막걸리를 집집마다 만들어 먹었지요. 부잣집에서는 찹쌀로, 또 형편이 웬만한 집에선 멥쌀로, 살림살이가 넉넉하지 못한 집에서는 보리로 막걸리를 만들어 마셨습니다.

막걸리를 만들 때 제일 먼저 하는 일은 시루에 쌀을 쪄서 고두밥을 만드는 것입니다. 그러고는 누룩과 함께 술을 담갔는데 술항아리에 담요나 이불을 뒤집어 씌워놨습니다. 어릴 때만 해도 막걸리 담그려고 만든 그 고두밥을 어른들 몰래 얼른 한 주먹 집어서 먹기도 했지요. 그 꼬들꼬들한 고두밥 맛이 기가 막혔습니다.

☾

지금은 잊힌 말이지만 '노전입음'이란 말이 있었습니다. 화롯가에 서서 한잔 마시는 술을 뜻합니다. 서서 한잔하는 집, 이게 바로 '목로주점'입니다.

반대로 앉아서 마시고 자고 가기도 하는 곳이 '주막'입니다. 이곳은 시골 길가에서 술과 밥을 팔고, 나그네를 치는 집이었습니다. 간판이 따로 없었지요. 좌판에다 쇠머리나 돼지고기 삶은 걸 늘어놓고 있으면 길 지나던 사람들이 보고 '여기가 주막집이구나' 하고 알았습니다. 초가지붕 위로 바지랑대를 높이 세우고 그 끝에 술 거를 때 쓰는 둥그렇고 길쭉하게 생긴 체인 '용수'를 매달아놓기도 했습니다.

주막집에 가면 주막집 아낙네가 방안에 만들어놓은 부뚜막에 앉아서 술항아리의 술도 퍼주고, 또 무럭무럭 김이 솟아오르는 가마솥에서 술국도 떠주고 안주도 집어주었습니다. 주막집의 젊은 아낙은 주모라고 불렀고, 나이가 들어 보이면 술 주酒에, 할미 파婆를 써서 '주파'라고 불렀습니다. 주모보다 인생살이 경험이 많은 주파는 달구지 끌고 다니는 손님을 그냥 돌려보내는 일이 많았습니다. 달구지를 끌고 다니면서 술을 마시면 위험하단 걸 알았던 거죠. 그때나 지금이나 음주운전은 위험하니까요.

또, 막걸리 이야기만 나오면 바늘에 실 가듯이 따라다니는 이야기가 있습니다.

"주모, 여기 대포 한잔 주시구료."

대포 이야기입니다. 대포는 큰 대大에 바가지 포匏를 씁니다. 다시 말해 큰 바가지로 만든 술잔이죠. 옛날 경주 포석정에서 흐르는 물 위에 잔을 띄어놓고 임금과 신하가 한잔 술을 번갈아 마시며 일

심동체를 다졌다는 그 술잔 역시 대포였을 겁니다. 30촉 백열등이 흔들흔들 그네를 타던 목로주점에서 마시던 막걸리 역시 대포였을 겁니다.

☾

옛날에 비해 막걸리 인기가 많이 시들해졌지만 막걸리가 확실히 좋은 술이기는 한가봅니다. 경상도 포항에 있는 600년 된 회화나무가 수령이 너무 오래되어 잎이 누렇게 변하고 비실비실 가지가 말라가고 있었는데 해마다 막걸리를 공급하니 다시 싱싱하게 생기를 찾았다고 하네요. 또 막걸리는 암을 예방하기도 하고, 간 손상이나 갱년기 장애에도 효과가 있다고 하죠. 특히나 막걸리통 밑바닥에 가라앉은 찌꺼기가 그렇게 건강에 좋다고 합니다.

어쩌다 술 한잔 마실 때 외국에서 수입된 값비싼 양주도 좋지만 이왕이면 우리 쌀로 담근 막걸리를 마셔보면 어떨까요? 신토불이가 별거인가요? 전통 막걸리 한잔하면서 쌀 소비도 촉진하고 우리 농민들의 시름을 덜어주면 그게 곧 신토불이가 아닐까요.

붕어빵

추운 날씨에 갓 구워낸 붕어빵, 그 따끈따끈한 맛이 아주 좋습니다. 특히나 늦은 퇴근 시간, 저녁은 못 먹었고 그렇다고 밖에서 밥 사먹고 들어가기도 애매할 땐 붕어빵이 겸사겸사 군것질거리로 그만이지요.

거리에서 붕어빵 사먹는 사람들을 한번 눈여겨보세요. 분명히 똑같은 틀에서 뽑아낸 똑같은 붕어빵인데 누가 먹느냐에 따라 먹는 방법이 다 다릅니다. 어떤 사람은 머리부터 먹고요, 어떤 사람은 반대로 꼬리부터 먹습니다. 또 어떤 사람은 입을 조그맣게 벌려서 먹고, 어떤 사람은 입이 커서 한 마리를 꿀꺽 한 번에 입속에 집어넣기도 합니다. 어쩜 붕어빵 하나 먹는 모습도 이 사람 다르고 저 사람 다를까요.

말은 다 붕어빵이지만 토종 붕어빵이 있고, 조금 더 바삭바삭하게 느껴지는 붕어빵이 있습니다. 밀가루에 찹쌀을 섞어 기름에 살짝 튀긴 황금 잉어빵도 있는가 하면, 굽거나 튀기지 않고 무쇠솥을 이용해 열로 익힌 느끼하지 않고 담백한 참붕어빵도 있죠. 붕어빵도 종류가 이렇게 여러 가지입니다.

사먹는 사람은 무심코 사먹었지만, 황금 잉어빵이나 참붕어빵을 처음 만들어서 돈 번 사람들 이야기를 들어보면 결코 무심하지 않았습니다. 붕어빵 하나를 사먹을 때마다 '지금보다 맛을 더 좋게 할 수 없을까?' 하고 연구하다가 만들어낸 거지요. 한 사십대 후반의 남자는 친구가 길에서 파는 붕어빵을 오며가며 여러 번 먹으면서 '이거보다 조금 더 맛있게 만들 수 있을 텐데' 고민하다가 잉어빵 발명 특허까지 얻어냈다고 합니다. 붕어빵 장사 하나도 머리를 짜내고 짜내다보면 얼마든지 성공할 수 있는 법이죠.

☾

사실 붕어빵 장사의 하루 수입은 빤하죠. 근데 어려운 사정 속에서도 따끈따끈한 붕어빵보다 마음이 더 따끈따끈한 사람들 이야기가 있어 훈훈합니다.

여수 서교동 서시장 입구에서 10년 넘도록 붕어빵을 구워 파는 한 할아버지 별명이 뭔지 아십니까? 바로 '산타 할아버지'입니다. 붕어빵 할아버지한테 왜 이런 별명이 붙었을까요?

이분은 1990년부터 지금까지 연말이 되면 밀가루 포대와 라면 박스를 트럭에 싣고, 어디 의지할 데 없는 나이 어린 소년소녀 가장을 일일이 찾아다니면서 산타클로스 할아버지처럼 한아름씩 선물을 안겨주고 다녔다고 하네요. 아주 추운 겨울철에 말입니다.

그래요, 붕어빵 장사는 겨울 한철 장사거든요. 그 얼마 안 되는 수입에서 해마다 소년소녀 가장들을 돕는다는 것은 정말 쉽지 않은 일입니다. 서시장 입구에서 붕어빵 파는 그 할아버지, 올해도 여전히 건강하신지 모르겠네요.

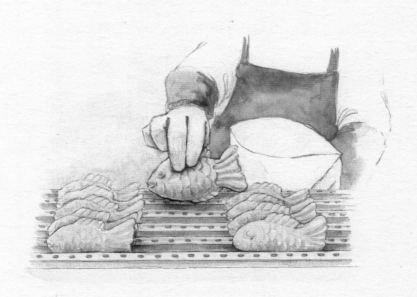

붕어빵에도 족보가 있습니다. 족보를 거슬러올라가 붕어빵이 등장하기 이전엔 어떤 빵이 유행했는지 아시나요?

나이드신 분들은 기억이 새롭겠습니다만, 붕어빵 이전에는 국화빵이 있었습니다. 이 국화빵을 먹어본 경험이 있는 분이라면 저와 같이 학교를 다닌 세대이겠죠.

남학생하고 여학생하고 어른들 눈 피해서 몰래몰래 만날 수 있었던 유일한 데이트 장소도 국화빵집이었습니다.

"너희 작은누나한테 이 편지 좀 가져다줘라. 이리 와, 저기서 국화빵 사줄 테니까."

제 작은누나와 매형이 그렇게 처음 만났습니다. 그때 국화빵 몇 개 얻어먹는 재미에 둘 사이를 왔다갔다하면서 연애편지를 배달했거든요. 국화빵 몇 개에 자기 누나를 팔아먹은, 아니, 팔아먹었다기보다…… 이럴 땐 뭐라고 해야 하나요?

그 시절엔 국화빵이 있었기에, 젊은 처녀총각 사이에 연분홍빛 연애편지도 오갈 수 있었던 게 아닐까 하는 생각이 드네요.

제3장

서울의 그곳에서는

청계천과 청계산

청계천은 옛날 서울 도성 안의 오간수문, 즉 북악산, 인왕산, 남산 등에서 흘러내리는 여러 물줄기가 모여 동쪽으로 흐르다가, 동대문과 광희문 사이를 지나 중랑천에서 합류해 한강으로 흘러들어가는 하천입니다.

서쪽에서 동쪽으로 흘러가는 명당수였기 때문에 예전에는 '청풍계천'이라고 불렀습니다. 이 얼마나 맑고 아름다운 이름인지요. 이름만 들어도 벌써 청계천을 흐르는 물이 얼마나 맑았는지 짐작이 가지 않나요? 예전엔 청계천에서 여자들이 빨래도 하고, 어린아이들은 벌거벗은 채 물장구를 치면서 송사리도 잡았습니다.

　서울은 산들이 병풍처럼 빙 둘러싼 도시입니다. 가벼운 차림으로 등산하기 좋은 산들이 여기저기 많다는 건 서울 시민들에게 큰 복이죠. 서울 주변의 산 중에서도 숲과 계곡, 절, 공원까지 한꺼번에 다 만날 수 있는 곳을 딱 한 군데만 손꼽으라면 바로 청계산이 아닐까 싶습니다. 산에서 꿈틀꿈틀 청룡 한 마리가 하늘로 승천을 했다고 해서 '청룡산'이라고 불렸죠.

　청계산은 서울시 서초구 양재동과 경기도 과천, 의왕, 성남시에 걸쳐 있습니다. 이 산은 산새가 수려하고 숲이 울창하고 계곡이 깊은 아늑한 산입니다. 어린아이와 함께 등산해도 별 무리가 없지요. 정상인 만경대까지 길어야 두 시간 반 정도 걸릴까요. 부드러운 황토로 덮여 있어 쉽고 편안하게 오를 수 있습니다. 그래서 주말이면 가볍게 산을 오르려는 등산객들로 붐비지요.

　물 맑은 계곡 소리도 아주 듣기 좋습니다. 계곡에는 토종 민물고기와 가재가 아직도 살고요. 봄에는 등산로 입구에 아담한 주택가 사이로 화사한 봄꽃이 피어난 모습도 얼마나 예쁜지 모릅니다. 청계산 양재동 등산로 입구 왼편에 심어져 있는 갈참나무와 굴참나무는 한 2, 3백 년은 됐을 겁니다. 해마다 두 나무의 새순이 무성한 해엔, 나무 밑을 지나는 사람들에게 좋은 일이 생긴다는 전설도 있었습니다.

매해 봄에는 청계산 등산로의 갈참나무와 굴참나무에 새순이 많이 돋아났으면 좋겠습니다.

삼일빌딩

지금은 서울에 높은 빌딩이 아주 많습니다. 여의도에 우뚝 솟아 있는 63빌딩을 비롯해 IFC몰, 도곡동의 타워팰리스까지…… 지방에서 서울 구경 온 사람들이 꼭 한 번씩 들러보는 곳들이죠.

63빌딩 전망대에 올라가면 동서남북으로 서울이 한눈에 다 들어옵니다. 예전에 남산 꼭대기에 올라가 바라보던 서울하고 지금의 서울은, 완전히 빛바랜 흑백사진과 방금 뽑아낸 천연색 사진처럼 그 대비가 확연합니다.

1970년대까지만 해도 서울에서 가장 높았던 건물이 뭐였는지 아시나요? 종로구 관철동에 있는 삼일빌딩이었습니다. 이 빌딩은 기본 설계부터 완공까지 모두 우리 손으로, 순수 국내 기술로 완공

된 건물이라 해서 한국 건축사에 길이 남을 작품으로 평가하던 빌딩이었습니다. 교과서에도 등장했지요. "세계에서 제일 높은 빌딩은 미국에 있는 엠파이어스테이트 빌딩이고, 우리나라에서 제일 높은 빌딩은 삼일빌딩이다"라고요.

시골 학생들이 서울로 수학여행을 오면 삼일빌딩을 반드시 견학했습니다. 서울 구경의 첫번째 코스였죠.

"얘가 말이다. 이번에 서울로 수학여행 가서 그 삼일빌딩 꼭대기에 올라가서는 현기증 난다고 그러고 막 토하려고 그러고…… 혼났다, 정말."

그 시절 서울구경 왔던 사람들은 삼일빌딩 옆길에 있던 약국에서 멀미약을 미리 사먹고 올라가기도 했습니다. 멀미약이 그렇게 잘 팔렸다고 하네요.

☽

어느 건축가는 자서전에서 "파고다 공원을 놀이터 삼아 놀던 시절 최대 희망은 삼일빌딩의 층수를 끝까지 다 세보는 것이었다"라고 회고했습니다. 실제로 삼일빌딩이 완공된 뒤, 빌딩 건너편 도로에는 삼일빌딩의 층수를 세는 사람들로 북적거렸지요.

여의도 63빌딩 완공 전까지 국내 최고층 건물의 지위를 지켜온 삼일빌딩은 근대화의 상징이었습니다. 삼일빌딩이 서울에서 최고층 건물로 손꼽히던 게 불과 40여 년 전 이야기인데요. 앞으로 몇 년 안에 우리나라에서 제일 높은, 123층짜리 건물이 생긴다고 하네요.* 세계적으로 알아주는 우리의 건축 기술이 앞으로 얼마나 발전할지 기대됩니다. 30년쯤 뒤에는 서울이 어떤 모습으로 변할지 아주 궁금합니다.

---

* 롯데월드타워. 2016년 12월 완공되었다.

나사점

1960년대, 서울 거리에서 양복점이 가장 많이 몰려 있던 곳이 명동과 충무로, 종로 일대였습니다. 또 광교 쪽에도 많았지요. 특히 1960년대에는 월부로 해 입는 맞춤 양복이 크게 유행했는데, 남대문로에서 광교와 종로에 이르는 대로변 일대에만 크고 작은 양복점이 200여 군데나 됐습니다. 이 무렵만 해도 양복점 간판이 대부분 '○○나사점'이었습니다.

나사점의 '나사'는 두터운 옷감을 통틀어 이르는 말입니다. 예전엔 제대로 된 양복감을 구하기가 어려워 양복 한 벌 정도의 옷감만 끊어다 진열해놓고 양복을 만들어주었거든요. 그러니 '우리 나사점은 양복감이 많은 곳이다'라는 뜻에서 '나사점'이라는 간판을 달

왔던 것이지요.

이때만 해도 양복 제조 기능보유자는 선망의 대상이었습니다. 기술을 습득하려면 각고의 훈련과 견습 기간이 필요했죠. 경제적인 수입도 컸고요. 지금은 의류의 대량 생산이 가능하고 저가 판매 옷도 늘어나면서 개인이 운영하는 나사점은 빛을 잃어가고 있습니다. 일류 기술자로 활동하던 이들도 세월을 따라 같이 빛을 잃어가네요.

종로 야시장

서울 사람들 사이에 유행하던 말 중에 이런 말이 있었습니다.

"오늘은 부민관, 내일은 화신."

이 말은 지금은 서울시의회 의사당으로 쓰이는 건물인 당시의 '부민관'이었던 곳에서 영화 한 편을 본 다음, 화신백화점에 가서 구경하는 것을 말합니다. 그 시절 서울에 사는 서민들의 소박한 꿈이었죠. 그때 종로 거리에는 한밤중에 야시장이 환하게 불을 밝히고 있었습니다. 요즘 밤늦은 시간까지 불을 밝힌 야시장들이 여기저기서 운영되는 것처럼요. 사람 사는 분위기는 그때도 지금도 넘쳐나고 있습니다.

1920년 5월 『동아일보』에 보면 다음과 같은 기록이 있습니다.

"사오십 개에 달하는 상점에 구경나온 사람은 남녀노소를 합하여 오육천 명에 달하였고 휘황찬란한 등불은 별이 총총 박힌 하늘을 거꾸로 엎어놓은 듯했으며 와각와각하는 사람의 지껄이는 소리 또 장사꾼들이 외쳐대는 소리에 간혹 자동차와 인력거의 오가는 소리가 어우러져 새삼스럽게 서울의 변화함을 한층 더 자랑하는 듯하였다."

이것이 우리나라 최초의 야시장 풍경이었습니다. 1916년부터 종로 2, 3가 사이에 야시장이 열렸고, 처음 열리던 날에는 조합에 소속된 기생 200여 명이 용산 군악대의 주악에 맞추어 덩실덩실 춤을 추며 노래를 선보였고 배우 30여 명이 가장행렬을 했습니다.

야시장은 1940년대까지 아주 활발하게 운영됐습니다. 물건을 사라고 "골라 골라" 외치는 영세 상인들과 싼값에 일용품을 사려는 서민들로 항상 북적거렸죠. 예전에는 시골에서 서울에 오면, 낮에는 창경원의 동물원에 가고 밤에는 종로 야시장을 구경해야 서울 구경을 제대로 했다고 할 만큼 야시장의 인기가 좋았습니다.

☾

야시장에서는 어떤 물건들을 팔았을까요.

갓을 파는 갓방, 조끼를 파는 조끼방, 화장용품과 바느질용품을 파는 잡화 가게가 자리하고 있었습니다. 보신각 옆으로는 포목점이 있었고, 전동, 다시 말해 현재의 공평동 골목 모퉁이에는 마른 땅에서 신는 여자용 비단신과 남자용 가죽신을 파는 신전이 있었죠. 그 시절만 해도 정해진 신발 규격이 없어서 노끈으로 발의 크기를 잰 다음 그 크기에 맞춰 신발을 사야 했지요.

지팡이, 메리야스, 도자기, 고무신 장수도 있었습니다. 야시장 한쪽에서는 관상이나 손금을 보는 관상쟁이, 손금쟁이도 있었고, 박보장기꾼도 있었습니다.

야시장의 장점은 물건 값이 싸다는 점이었습니다.

"골라를 잡아요, 골라를 잡아. 두 가지엔 15전, 한 가지엔 10전이요. 골라를 잡아요, 골라를 잡아."

지금도 동대문이나 남대문시장에 나가면 "골라를 잡아요, 골라를 잡아"라고 외치는 소리를 들을 수 있죠? 이 소리가 종로 야시장이 문을 열었던 그때부터 있었던 소리입니다.

밤에만 열린다고 해서 이름 붙여진 종로 야시장. 1960년대 말까지도 남아 있었지만, 이것도 이젠 지나간 세월 속에 묻혀버린 옛이야기입니다.

종로 네거리 보신각

종로 네거리의 보신각 타종 행사를 보신 적 있으신지요?

서울에 맨 처음 종루가 세워진 게 태조 7년, 1398년의 일입니다. 지금의 탑골공원 옆에 처음 세워졌고, 세종 임금 때는 지금의 종로 네거리에 다시 지었습니다. 이 당시의 종루는 2층으로 된 누각이 었죠. 2층에 종이 달려 있고, 그 밑으로는 사람이 지나다닐 수 있도록 했습니다. 그러다가 임진왜란 때 불에 탔고, 이후 복원하면서 약간 뒤쪽인 지금의 자리에 짓게 되었습니다. 종로 네거리가 서울의 중심지로 발달하게 된 것이 이곳에 종루가 들어서면서부터입니다.

서울이란 도시는 하나의 생명체처럼 살아 움직이면서 시시각각

달라지고 있습니다. 종로 네거리에 이전에는 화신백화점이 있었지만 이제 헐린 지 오래고, 종로 네거리 서북쪽 모퉁이엔 나직한 가건물인 신신백화점이 있었지만 지금은 그 자리에 지상 22층의 은행이 들어서 있습니다.

오직 처음 모습 그대로 남아 있는 건 보신각 종루뿐입니다.

운당여관

바둑과 관련해 기억해야 할 장소가 한 곳 있습니다. 종로구 운니동에 자리하고 있던 운당여관이죠.

운당여관은 조선 말엽에 한 내관이 순조에게 하사받은 나무로 지어졌습니다. 전통 양반집의 전형으로, 문화재 가치가 있는 건물이었죠. 해방 후에는 당시 가야금 병창 인간문화재 박귀희 여사가 주인이었습니다. 한창 잘될 때는 450여 평에 서른한 개의 방이 있었고, 이중에 청실, 홍실, 황실 등 세 개의 특실에서 바둑 국수전이 자주 열렸습니다.

처음 운당여관에서 국수전이 열린 게 1959년이었습니다. 문을 닫을 때까지 400여 회의 명대국이 바로 이 자리에서 열렸습니다.

당시 윤기현 7단이 김인 7단에게 국수 타이틀을 빼앗은 장소도 이 운당여관이었고, 하찬석 5단이 윤기현 7단의 타이틀을 물려받은 곳도 바로 이곳이었습니다. 운당여관에서 벌어진 마지막 대국은 1989년 조훈현과 장수영 프로 사이의 박카스배 결승전이었고요.

☾

왜 하필 여관에서 바둑전이 열렸을까요?

한국기원은 셋방살이를 전전하다가 1970년대에 들어서야 관철동에 버젓한 사옥을 마련했습니다. 셋방살이를 하던 시절에는 늘 타이틀전이 문제였죠. 사진도 찍고 공개 해설도 해야 하는데 적절한 장소가 없었거든요. 그러던 마당에 바둑 애호가였던 운당여관의 주인이 조건 없이 장소를 제공했습니다. 운당여관은 한옥으로 지어져서 타이틀전을 하기에 그림이 꽤 좋았습니다. 그 덕에 수십 개의 타이틀전이 운당여관에서 개최되었죠.

주변에 프로 기사나 애호가가 자주 가는 싼 선술집이 많은 것도 더없이 좋은 점이었습니다. 관철동에 한국기원이 들어선 후에도, 그런 정감 탓인지 타이틀전은 언제나 운당여관에서 열렸습니다.

1989년에 열린 마지막 타이틀전 이후 운당여관 위치에 오피스텔이 들어섰습니다. 바둑 역사의 산실이던 운당여관의 일부는 남양주 영화촬영소로, 일부는 계동의 한옥체험관으로 옮겨져 역사의 뒤편으로 사라졌습니다. 여관에서 바둑 타이틀전이 열렸던 것도 이제 다 옛날이야기가 되었습니다.

청진동 골목

종로구에 있는 청진동은 예전부터 해장국 골목으로 유명했습니다. 그냥 '청진동'보다 '청진동 골목'이라고 하는 게 더 자연스럽게 들릴 정도니까요. 청진동 골목이 해장국으로 유명해진 데는 나름대로 사연이 있습니다.

예전엔 고관대작의 행차가 있을 때 서민이나 직급이 낮은 관리들은 행차를 피해 골목길을 이용했습니다. 경복궁 가까이에 있다 보니 이 청진동 골목은 행차를 피해 잠시 들른 서민들이 특히 많았지요. 행차가 지나갈 동안 무료한 시간을 달래야 하니 목로집에 들어가 술국으로 요기를 하는 사람들이 많았습니다. 그렇게 청진동 골목에 한 집, 두 집, 목로집이 들어서기 시작했습니다. 많은 목로

집에서 서로 손님을 더 끌기 위해 음식 솜씨를 내다보니 "대감댁 곰국보다 청진동 목로집 술국 맛이 더 좋다"는 말이 생겨났죠.

지금도 청진동 골목길 몇몇 군데 해장국집이 명맥을 이어오고 있습니다. 청진동 골목의 해장국집은 서울의 역사에서 가장 오래된 음식점 골목입니다.

태화빌딩

　지금 종로구 인사동에 있는 태화빌딩, 이곳이 일제 때 민족대표 33인이 독립 선언문을 낭독했던 곳입니다. 예전에는 '태화관'이라는 이름의 2층으로 된 요릿집이 있었습니다.

　태화관이 들어서기 전에 이곳이 일제 때 나라를 팔아먹은 이완용의 별장으로 사용되던 자리라는 것을 아시는지요? 그 무렵엔 친일파들의 모임 장소로 이용되던 곳이었죠. 어느 날 하늘이 캄캄해지면서 소나기와 함께 별장 정원에 있는 고목나무에 벼락이 내리치면서 이 고목이 두 동강이 나버렸지 뭡니까. 이완용은 적지 않은 충격을 받았고, 장안의 많은 사람들이 '나라를 팔아먹은 이완용에게 하늘이 대신 벌을 내린 것이다'라고 수군거렸습니다. 충격에서 벗어나지 못한 이완용이 이 별장을 팔려고 내놓았고, 이 집이 당시 명월관 주인에게 팔려 태화관이란 요정이 되었습니다.

세월이 흘러 현재는 그 자리에 12층 높이의 태화빌딩이 들어섰습니다. 길고 긴 세월의 흐름 속에 헛된 권력은 무용지물일 뿐이란 걸 다시 한번 느낄 수 있는 자리입니다.

모나리자 다방

1960, 70년대에는 커피만 마시는 데서 그치지 않고 음악 감상을 위주로 하는 음악다방이 참 많았습니다. 명동에 있었던 '모나리자 다방'은 정말 유명했지요.

다방 분위기가 워낙 차분하다보니 음악 듣는 옆 사람에게 혹 방해라도 될까봐 화장실을 다녀올 때도 발뒤꿈치를 들고 발소리를 죽여가면서 다녔고, 잠깐 비울 때도 다른 사람한테 자리를 빼앗길까 싶어 웃옷을 의자에 벗어놓고 들락거렸습니다.

장수철 시인의 「모나리자 다방」이라는 시를 읽어보신 적 있나요.

명동 거리에
지금 막 네온사인의 꽃이 폈다
그 찬란한 조명을 받으면서
몇 해 만인가
옛 애인들 찾아가듯
가슴 설레이며 들어선다

　그 예전에 명동에 자리한 문화인들의 휴식처 모나리자 다방에
대한 그리움을 이렇게 시로 읊었습니다.

그 다방이 없는 줄을 뻔히 알면서도
두리번거리며 찾는 나의 모습을
행인들은 이해하지 못할 것이다

　장수철 시인은 종로와 명동에 대해 많이 노래했는데「모나리자
다방」역시 그중 하나입니다. 사라져버린 것에 대한 아쉬운 감정이
그대로 드러나 있습니다.

안주도 없는 술에 취했으면서도
길을 잃지 않고 돌아오곤 하던
고향의 품 같던 모나리자 다방

따스한 정들이 오갔던 곳

◖

명동 전성기 시절에는 모나리자 다방이 낭만 일번지이자, 서울 문화인들의 총 집합소였습니다. 클래식 음악과 함께 명동을 지켜 왔던 진한 커피향기, 늘 조용한 미소의 홍마담. 그 시절 단골손님 명단엔 언론인 심연섭, 만화가 김용환, 소설가 박계주, 시인 박인환, 조지훈…… 이런 이름들이 있었습니다.

전에는 그랬습니다. 어느 다방의 마담은 꼭 영화배우 누구하고 닮았다더라, 그러면 그 다방 마담의 인기가 쑥쑥 올라가 다른 다방에서 그 마담을 스카우트하기도 했고, 그 마담이 어느 다방으로 옮겼다 하면 손님들이 우르르 그곳으로 몰려가는 유행이 있었습니다. 어느 다방 마담은 미모가 빼어나고, 어느 다방 마담은 교양이 많고, 또 어느 다방 마담은 좋은 음악을 잘 틀어주는 등 다방마다 개성이 모두 달랐습니다.

요즘은 명동에 가도 그 옛날 모나리자 다방 같은 곳은 없지요. 명동의 낭만도 예전 같지 않습니다. 그 시절의 명동이 참 좋았는데 말이에요.

창경궁 동물원

100년도 한참 전인 1907년, 창경궁에 동물원이 생겼습니다. 1909년 11월 1일자의『순종실록』에는 다음과 같은 기록이 남아 있습니다.

"창경궁 내에 동물원과 식물원을 설치하고 개원식을 행하고 나서 일반 사람들에게 관람을 허락하였다."

창경궁 동물원은 세계에서 서른여섯번째로, 아시아에서는 일곱번째로 문을 연 동물원입니다. 1909년 11월 1일 오전 10시, 순종을 비롯해 문무백관 및 외국 사신들까지 참석한 동식물원 개원식이

거행되었습니다. 무려 천 명에 달하는 축하객이 참석했다고 하죠.

이때 전시된 동물은 포유류 29종과 조류 43종 등, 총 72종 361 마리였습니다. 당시 입장료는 어른 10전, 어린이 5전이었으며, 개원 첫해의 관람객 수만 15000명, 이듬해에는 11만 명에 달했습니다.

☾

1980년대 초만 해도 서울 시내에서 가족들끼리 함께 나들이할 마땅한 장소가 거의 없었습니다. 그래서 아이들을 데리고 창경궁 안에 있는 동물원에 가는 게 큰 즐거움이었지요.

당시 창경궁 동물원에는 1000여 종이 넘는 새와 짐승이 있었지만, 가장 인기 있는 구경거리는 역시 호랑이였습니다. 호랑이는 창경궁 동물원에 가야만 구경할 수 있었으니까요. 아마 유치원이나 국민학교에 다닐 때 창경궁 동물원에 가보신 분들이라면, 부모님 하고 호랑이 우리 앞에서 찍은 사진 한 장쯤 누구나 가지고 있을 겁니다.

1983년에 창경궁 복원 정비 공사가 시작되면서 창경궁 동물원에 있던 동물들을 모두 다 서울대공원으로 옮겼습니다. 이제 창경궁은 호랑이가 있던 동물원 대신, 옛 모습을 되찾은 궁궐로 바뀌었습니다. 창경궁 동물원 호랑이 우리 앞에서 찍은 사진도 누렇게 빛바랜 추억 속 사진이 되었겠죠.

연지동

모내기가 끝난 논에 가면 개굴개굴 개구리 소리가 한창 요란하잖아요? 서울에서 생활하다보니 이제 개구리 소리를 들은 지도 오래입니다. 어린 시절에는 서울에 살면서도 여기저기 개구리를 잡으러 다닌 적이 많았는데 말이에요.

강아지풀의 수염 난 끝부분으로 개구리 낚시를 한 적도 있었습니다. 개구리 여러 마리가 모여 있는 도랑이나 논둑에서 강아지풀 하나 쑥 뽑아 끝부분을 조금만 남겨 수염이 난 이삭 줄기로 살살 흔들어주면 개구리가 이걸 곤충인 줄 알고 덥석 삼키거든요. 바로 이때 강아지풀 줄기를 재빨리 탁 낚아채면 강아지풀 줄기에 대롱대롱 개구리 한 마리가 잡혀 올라왔습니다. 손끝에 전기가 흐르듯이 짜르르 느껴지던 손맛은 오래도록 잊지 못할 추억입니다. 그 흔하던 개구리였건만 지금은 개구리 보기가 예전 같지 않네요.

"개굴개굴 개구리 노래를 한다. 아들 손자 며느리 다 모여서."

자주 들을 수 있었던 이 개구리 노래도 이제 들리지 않고요.

☾

서울에서 개구리 울음소리가 가장 유명한 곳이 어디였는지 아십니까? 서울토박이 말로 '연못골'이라 불리던 종로구 연지동이었습니다. 지금의 기독교회관 건너편 쪽에 있던 연못이었죠. 특히 여름한철엔 연꽃이 무성해서 연지蓮池라고 했고 바로 여기서 '연지동'이란 이름도 생겨났습니다. 1929년에 나온 『경성백승』이란 책에보면 서울 지역마다 손꼽히는 풍물에 대해 소개합니다. 연지동의명물로는 개구리 소리를 소개합니다.

"연못골의 명물이 무엇이냐, 개구리 소리라는 명물입니다. 요새 같은 여름철 비가 그친 저녁이나 달 밝은 밤에 한 번만 연못골에 오셔서 요란한 개구리 소리를 들어보십시오."

지금은 잠실에 있는 정신여고가 예전에는 연지동에 있었습니다. 이곳 정신여고 자리에 서울시 지정 보호수 1-4호인 수령이 500년이 넘은 아주 오래된 회화나무가 있지요. 높이는 30미터가 넘고 둘레만 해도 4미터가 넘습니다. 1970년대까지 정신여고를 다녔던 여학생들은 앨범에 회화나무 아래서 친구들과 함께 찍은 사진이 몇 장 남아 있을 겁니다. 아직 그 자리를 지키고 있는 회화나무에는 이런 사연이 숨겨져 있습니다.

정신여고는 3·1 운동 당시에 김마리아가 이끈 대한민국애국부인회의 산실이었습니다. 그러다보니 일본 관원들이 툭하면 나타나 비밀문서를 찾으려고 정신여고 교실 구석구석, 심지어 화장실까지 속속들이 수색했습니다. 하지만 아무런 근거도 찾아내지 못했죠. 이때 독립운동 비밀문서와 태극기 등을 숨겼던 장소가 어디인지 짐작이 가시나요? 바로 회화나무 중간쯤에 있는 커다란 나무 구멍입니다.

서울시 지정 보호수인 이 회화나무는 우리와 독립운동을 함께한 애국나무인 셈입니다.

술집 유정

지금은 서울의 낭만과 유행이 강남으로 많이 옮겨갔지만, 1970
년대 젊은이에게 각광받던 데이트 일번지는 명동과 충무로였습니
다. 지금의 유네스코회관 뒷골목에 자리하고 있던 '유정'이라는 술
집, 그리고 그 옆에는 차와 음악으로 유명했던 '돌체'와 '르네상스'
라는 음악 다실까지 많은 젊은이와 예술가가 즐겨 찾았지요.

글자 그대로 정이 많은 술집 유정…… 한 잔 한 잔 마시다보면
어느새 여러 잔을 마실 때도 있었습니다. 주머니 사정은 아랑곳하
지 않고 마셔서 나중에는 손목시계나 신분증을 슬쩍 맡기고 나오
는 일도 있었고요.

낯선 술집에서 술을 마시고 술값으로 손목시계를 놓고 나올 수

있었다니, 참 마음 편했던 술집이었습니다. 철 지난 양복에 후줄근한 넥타이와 구호품으로 한껏 멋을 내고도 부끄럽지 않았지요.

요즘 서울 거리에 붙어 있는 간판들을 보면 어느 나라 말인지 국적을 알 수 없는 상호가 많잖아요. 예전에는 술집도 상호가 요란하지 않았습니다. 근처에 오동나무가 심어져 있으면 '오동나무집'이요, 대추나무가 심어져 있으면 '대추나무집'이었고, 우물 속에 붕어들이 살고 있으면 '붕어우물집'이었습니다. 누구나 알아듣기 쉽고 이름만 들어도 정겨웠습니다.

이런 이름들은 알고 보면, 주인이 직접 지은 게 아니라 그 집을 오가는 손님들이 붙여준 이름이었습니다. 이것도 그 시절 명동거리의 낭만이었죠.

자동차 정비소

지금은 동네마다 자동차 정비 업소들이 많이 있습니다. 하지만 우리나라에 자동차가 처음 보급되던 1910년만 해도 자동차를 수리할 수 있는 공장은 가뭄에 콩 날 정도로 없었습니다.

자동차 정비를 위해서는 각종 수리 공구와 기계가 필요하지요. 또 공장을 차려놓고 이 같은 시설을 확보하자면 자동차 판매소를 차리는 것보다 몇 배나 많은 돈이 들어갔다고 합니다.

그래서 그 시절엔 광산용 기계를 취급하거나 인력거를 만드는 공장에서 자동차를 정비했습니다. 심지어 자전거포에서도 자동차를 수리했죠. 지금처럼 시속 100킬로미터로 고속도로를 씽씽 달리는 지금의 자동차하고는 근본적으로 구조부터 달랐으니까요.

초기의 자동차들은 엔진이나 구동 계통, 차체 구조가 매우 간단했습니다. 지금처럼 자동화시스템이 아니라 모든 것이 수동식이었습니다. 원시적인 기술 상태를 벗어나지 못한 자동차여서, 원리를 조금만 알면 자전거나 인력거 기술자도 큰소리 뻥뻥 치면서 자동차를 고쳐주고 큰돈을 벌 수 있었습니다.

서울에서 일반 기계를 취급하던 상점에서 자동차 수리업에 제일 먼저 손댄 곳은 1920년 을지로 7가에 문을 연 갑양상회였습니다. 1919년 기미독립운동을 주도한 독립투사 33인 중 한 명인 이갑성이 지배인으로 근무하던 상회였죠. 당시 서울에 자동차 수리점이 세 곳밖에 없는 것을 보고, 기계상회에서 일하던 기술자를 고용해 기계상회 바로 옆에 자동차 정비 업소를 차려 자동차를 수리했습니다.

또 1920년대 초에 '에가와'라는 일본 인력거 수리기술자가 종로 인사동에 인력거 수리와 제조공장을 차린 뒤, 당시 총독부와 왕실의 고장난 자동차를 수리해주었습니다. 인력거 수리기술을 바탕으로 말이죠.

예전이나 지금이나 확실한 기술 하나만 있으면 먹고사는 데 지장이 없는 것은 진리인 모양입니다.

장충단 공원

　구한말 나라를 위해 목숨을 바친 충신과 열사에게 제사를 올리던 장충단에서 '장충동'이란 동네 이름이 생겼습니다. 현재 장충단 공원에 있는 장충단비는 서울유형문화재 제1호로 지정되어 있습니다. 비의 앞면에 쓰인 '장충단'이라는 글씨는 황태자 시절 순종이 남긴 친필이라고 하고요.

　예나 지금이나 서울은 늘 같은 모습인 듯해도 그렇지가 않습니다. 장충단 공원 입구의 수표교가 그렇지요. 수표교는 청계천이 지금처럼 복개되기 전 청계천 2가에 있던 다리입니다. 1959년에 청계천 복개공사를 하면서 신영동 쪽에 잠시 옮겼다가, 1965년에 지금의 장충단 공원에 자리를 잡았습니다. 그래서 1965년 이전에 장충단 공원에서 찍은 사진에는 수표교가 보이지 않습니다. 이런 작은 변화도 서울의 역사지요.

☾

그 시절, 서울에서 가장 돈 많은 갑부들이 살던 동네로 첫손에 꼽히던 곳이 바로 장충동 일대였습니다.

"아이고, 장충동 쪽은 굴뚝을 한번 쑤시러가도 이삼 일씩 쑤실 만큼 집도 크고 방도 많더라고요. 여기가 대문인지 저기가 대문인지……"

1970년대 굴뚝 청소부들이 장충동만 가면 하던 말이었죠. 지금은 생활수준이 골고루 높아지다보니 이야기가 달라졌지만요.

그뒤로는 서울의 부잣집들이 동부이촌동으로, 그러고는 또 강남 압구정동으로…… 부자 동네도 시대에 따라 유행이 있나봅니다. 10년, 20년 뒤엔 또 어느 곳이 부자들이 사는 동네가 될까요.

동대문야구장

우리나라 프로야구가 처음 시작된 날은 1982년 3월 27일입니다. 경기가 처음 열린 장소는 서울의 동대문야구장으로, 삼성과 MBC의 개막전이었습니다.

삼성의 이만수 선수가 첫 홈런을 날렸고 MBC의 이종도 선수는 연장 10회에 삼성의 이선희 선수로부터 끝내기 만루 홈런을 날리면서 프로야구의 인기와 흥행을 예고했습니다. 그 다음해인 1983년에는 야간경기까지 가능해져 팬들의 즐거움을 더해주었지요. 그 뒤 재일동포 선수, 그리고 아마추어 국가대표 선수가 대거 입단하면서 프로야구 전력이 크게 강화되었고, 그때부터 프로야구는 국민적인 스포츠로 자리를 잡아갔습니다.

잠실에 종합운동장이 생기기 전에, 야구 경기는 주로 동대문운동장에서 펼쳐졌습니다. 그 시절의 동대문운동장은 한국 고교야구와 프로야구의 성지였죠. 박찬호나 이승엽 같은 대선수도 한때는 동대문운동장에서 프로의 꿈을 키웠습니다. 그곳에서 구슬땀을 흘리며 노력한 선수들이 얼마나 많았는지 모릅니다. 동대문운동장은 그들을 응원했던 사람들의 추억 또한 고스란히 담겨 있는 곳이지요.

그 시절엔 돈 내고 야구 경기를 보러 다닐 주머니 사정도 아니었고, 그럴 만한 마음의 여유도 없었습니다. 그래서 동대문운동장에서 고교 야구 선수권 대회라도 열리는 날에는 야구장 뒤쪽으로 몰래 기어들어가 야구장 담장 위에 걸터앉아 공짜로 구경하는 사람들이 참 많았습니다. 동대문운동장 밖 동편 쪽으로, 광희문 있는 언덕 높은 곳에서 공짜 구경하는 사람들도 많았고요.

그때 공짜로 야구 구경하고 다녔던 분들…… 지금도 그 추억을 기억하고 계실지 모르겠네요.

남대문시장

서울에서 가장 큰 시장이라면 역시 동대문시장과 남대문시장이죠. 조선 후기 남대문 밖의 칠패시장을 이어받은 남대문시장은 예전부터 서울역 가까이에 있어, 지방에서 철도로 올라온 물자가 활발하게 거래되었습니다.

남대문시장을 한때 '아바이 시장'이라고 불렀던 것을 아시나요. '아바이'라는 말은 주로 북녘에서 아버지나 할아버지 같은 어르신을 일컫는 방언입니다. 6·25 때 달랑 맨손으로 월남한 피난민들이 당장 먹고살아야 하니 미군부대에서 나오는 군복이나 담요를 팔았습니다. 또 군인은 야전식량 같은 물건을 팔면서 살았고요. 그러다 보니 아바이 시장이라는 별명이 생기게 되었습니다.

한편 남대문 바로 옆, 숭례문 수입상가는 '도깨비 시장'으로 불리기도 했습니다. 왜 이런 별명이 붙었을까요?

당시 미군부대나 외국인으로부터 흘러나온 외래품이 여기에서 암암리에 거래가 되었습니다. 또 구제품과 군수품 거래도 활발해 '남대문시장에 가면 박격포도 살 수 있다'는 말이 나올 만큼 불법제품들이 범람한 적도 있었습니다. 그러나 단속반원들이 급히 달려가보면 좀 전까지 쌓여 있었던 외제품이나 불법제품은 온데간데 없고 국산품만 있었습니다. 미리 시장 입구에 세워둔 파수꾼들이 큰 소리로 "떴다!" 하고 외치면 그야말로 도깨비처럼 날렵하게 물건을 챙겨 숨어버리곤 했던 거죠. 그래서 '도깨비한테 홀린 기분이 든다'며 도깨비 시장으로 널리널리 알려졌습니다.

요즘에는 남대문시장 상인들도 여름에 날짜를 정해놓고 모두 휴가를 즐기지만, 1960년대에는 남대문시장 상인들만큼 열심히 살아가는 사람들이 없었습니다. 그 시절은 모두들 잠도 안 자고 열심히 일했던 시절이었으니까요.

계동

종로구에는 계동이 있습니다. 계수나무 계桂의 계동桂洞입니다.

이름만 보면 '계수나무가 많이 심어져 있던 곳이 아닐까' 하고 생각할 수도 있겠습니다. 그런데 실은 가난한 사람들이 병이 났을 때 치료해주던 제생원에서 비롯된 이름입니다. '제생원'에서 어떻게 '계동'이라는 이름이 나오게 되었을까요?

그 시절의 제생원은 발전된 의학의 상징이었습니다. 가난한 사람, 일자리가 없어 떠돌다가 병든 사람, 사정이 딱한 사람을 모아 무료로 치료해주는 것은 물론, 필요할 경우엔 멀리 지방까지 의원을 파견해 치료 봉사를 했습니다. 그리고 길 잃어버린 아이들은 전부 제생원에서 수용하고 있어서, 부모가 아이를 이곳에서 찾아가기도 했습니다. 누구에게나 대문을 활짝 열고 민생구제 사업을 펼치던 곳이죠.

　이곳을 제생원이 있던 곳이라 해서 '제생동'이라 불렸는데요. 제생동이 변해 '계생동'으로 바뀌게 됩니다. 그런데 잘못하면 기생이 많이 모여 사는 '기생동'으로 들릴 수가 있었죠. 그래서 계생동이 다시 계동으로 이름을 바꾸게 됩니다.

　동네 이름 하나에도 이렇게 서울의 역사와 사연이 담겨 있는 것이지요.

삼청동

예전엔 피서지를 찾아 떠날 일도, 심지어 '여름휴가'라는 말도 없었습니다. 서울 전체가 경치 좋은 피서지 역할을 했으니, 굳이 더위를 피하려고 멀리 설악산이나 동해안을 찾아갈 필요도 없었지요. 종로구 삼청동만 해도 좋은 피서지였습니다.

삼청동三淸洞이란 동네 이름이 벌써 맑고 시원한 느낌을 주지요. 우선 산이 맑고 물도 맑다 해서 '산청'과 '수청', 거기에 사람 인심 또한 맑고 좋다는 의미로 '인청'까지 더해져 '삼청동'이란 이름이 붙었습니다.

지형으로 봐도 삼청동은 북악산 밑에 있어 물맛이 좋기로 유명했습니다. 10년 가슴앓이를 하던 사람도 삼청동의 우물물을 마시면 하루아침에 낫는다고 했으니까요.

삼청동의 경치는 조선시대 문인이었던 성현의 글 『용재총화』에
도 나옵니다.

한성 도성 안에는 경치 좋은 곳이 많지 않지만 그중에서도 놀
만한 곳으로는 삼청동이 제일이다. 그다음으로 인왕동이오.
그다음으로 쌍계동, 백운동, 청계동을 손꼽을 수 있느니라.

또 이런 이야기도 있습니다.

삼청동에 들어서면 소나무밭 사이로 맑은 샘물이 쏟아져 나오
는데 그 물줄기를 따라 올라가면
산은 높고 나무들은 빽빽하게 들어서 있으며 깎아지른 듯한
벼랑 사이로 떨어지는 물줄기로 인해 무지개가 피어오르듯 구
슬 같은 물방울들이 튀어오르네.

이처럼 삼청동은 자연을 사랑하던 서울 선비들이 가장 즐겨 찾
던 명소였습니다. 오늘의 삼청공원이 그 풍광을 이어가고 있는 것
처럼요.

성북동

　서울에서 경관이 가장 좋고, 공기가 좋고 조용한 고급 주택지로 꼽히는 곳이 평창동, 삼청동, 성북동입니다. 이중에 특히 성북동은 조선시대부터 경치가 좋기로 이름난 주택가였지요. 예전부터 산이 좋고 물이 맑아서 성안에 사는 사람들이 자주 찾아왔습니다. 그 덕에 '성북城北'이란 지명을 얻게 되었습니다.

　성북동은 앵두나무가 많던 곳입니다. 특히 삼청터널 입구 일대에 그렇게 많았지요. 또 복숭아꽃이 아름답기로도 서울에서 첫째였습니다. 봄철엔 복숭아꽃에 물든 계곡 일대의 경치를 즐기려는 서울 시민들의 발길이 끊이질 않았습니다. 그래서 조선시대엔 성북동을 복숭아꽃이 유명한 동네라는 의미로 도화동 또는 복사동이라고 불렀습니다.

　하지만 성북동이 아름다운 이유는 앵두나무와 복숭아나무가 많아서도, 고급 주택이 많이 들어서 있어서만도 아닙니다. 일제강점기 시절, 우리 선조들의 숨결과 체취가 묻어 있는 문화재가 모두 일본에 넘어갈 뻔했는데요. 이때 간송 전형필이 일본으로 빠져나가는 국보급의 우리 문화재를 하나하나 다시 사들여 간송미술관을 세웠습니다.

　성북동이 아름다운 건 바로 우리 문화재가 살아 있는 간송미술관이 자리하고 있기 때문이 아닐까요.

하월곡동

아래 하下에 달 월月, 골 곡谷을 쓰는 성북구의 하월곡동.

하월곡동은 경희대학교 뒷산인 천장산 서쪽의 장위동 길과 미아로, 그리고 정능천을 끼고 있습니다. 여기서 바라보는 천장산의 모습이 마치 반달처럼 생겨 '월곡'이란 이름이 붙었다고 하지요.

또다른 이야기도 있습니다. 조선 후기 미아삼거리에 '신근솔'이라는 솔밭이 있었는데 풍치가 수려해 주막이 많이 몰려 있었다고 합니다. 지방에서 소를 몰고 서울로 들어올 때는 신근솔에서 숙박을 하고 소를 매어놓았다가 소를 팔고 돌아갈 때면 소나무 계곡 사이로 달빛이 은은하게 비칠 무렵이 되었다고 합니다. 그래서 여기에 '월곡'이란 이름이 붙었다고도 하네요.

이름이 예쁜 동네답게 물도 참 좋습니다. 정능천의 물이 워낙 깨끗하다보니 이 물로 콩나물을 키우면 그렇게 맛이 좋았다고 합니다. 그래서 정능천 주변인 하월곡동에 콩나물 장수들이 많았습니다. 1960년 이후 이곳에서 농사를 짓는 사람들은 사라지고 염색공장과 피혁공장이 들어서면서 하천이 오염되기 시작했지만 말입니다.

☾

하월곡동은 예전부터 달동네로 유명한 곳이었습니다.

미아사거리까지 걸어서 10분 내외다보니 교통이 더없이 좋고 내부순환도로와 종암로, 지하철 4, 6호선이 가까워 재개발 지역이 되었습니다. 달동네가 대부분 헐리고 아파트단지로 새롭게 탈바꿈했지요. 하지만 아직 일부 흔적이 남아 있기도 합니다.

재개발을 하면 미관상으로는 좋게 변하겠지만, 글쎄요…… 누군가에게는 재개발이 매서운 칼바람 같을 겁니다.

예쁜 이름을 가진 동네인 만큼 그곳을 기억하는 사람들의 가슴 속에도 예쁜 추억으로 남았으면 좋겠습니다.

압구정동

강남구 압구정동에는 조선시대의 권력가 한명회가 누린 부귀영화를 보여주는 압구정이란 정자가 있습니다. 이곳은 지금 고층 아파트 숲을 이루는 서울의 고급 주택가이지만, 본래는 한강변을 내려다볼 수 있는 경치 좋은 곳이었죠.

한명회는 조선시대에 세조의 왕위 찬탈을 도와 정난공신을 시작으로 네 번이나 공신의 지위에 올랐고, 또 자기 딸을 예종 비와 성종 비로 바쳤습니다. 그야말로 살면서 천하의 권세를 다 누렸지요. 바로 그 한명회의 호가 '압구정'입니다.

모든 권세를 누리던 한명회 역시 세월이 지나니 한낱 풀잎과 같은 신세가 되었습니다. 세월이 지난 뒤 최경지가 압구정에서 이런 시를 읊었다고 하네요.

임금이 하루에 세 번씩 은근히 불러 총애가 흐뭇하니,
정자는 있으나 와서 노는 주인이 없구나.
가슴 가운데 기심만 끊어졌다면 비록 벼슬 바다 앞이라도
갈매기와 친할 수 있었으련만

◖

　제가 어린 시절만 해도 고향의 논에서 참게를 자주 볼 수 있었습니다. 그 시절만 해도 서해안 쪽으로 흐르는 물줄기와 그 주변 논에 참게가 지천으로 깔려 있었거든요. 주먹만한 참게들이었는데 잡는 게 아니라 손으로 그냥 막 주웠습니다. 그렇게 흔했지요. 논에서 잡은 참게로 담근 게장의 감칠맛은 말로 다 표현할 수 없을 정도였어요.

　서울에서도 참게가 많이 잡히던 곳이 여러 군데 있었습니다. 특히 압구정동 앞 한강은 성동구의 한강과 비교해 벼랑이 없고 수심이 얕으면서 물살이 세지 않아 참게가 유난히 많이 잡혔습니다.

　한밤중에는 강에서 횃불을 밝혀 참게를 잡으러 다니고, 낮에는 "이랴, 이랴. 워, 워" 하면서 소를 끌고 밭갈이하던 모습을 볼 수 있었던 압구정동…… 지금은 누가 그 모습을 기억하고 있을까요.

뚝섬

뚝섬에는 서울숲이 있습니다. 1970년대에는 해마다 봄철만 되면 일주일 동안 '포플러 주간'이 있어 온 국민이 포플러 심기에 힘을 썼습니다. 손가락만한 굵기의 미루나무 가지를 땅에다 푹 꽂아주면 쑥쑥 자라났거든요. 그래서 예전엔 뚝섬 쪽에 미루나무가 아주 많았습니다.

이 미루나무로 공장에서 이쑤시개나 나무젓가락도 만들고, 병원에서 의사선생님이 환자 혓바닥을 눌러볼 때 사용하던 나무 막대기도 만들었습니다. 또 성냥갑이나 성냥손잡이도 전부 미루나루로 만들었지요.

미루나무가 많았던 여름철 뚝섬 안은 하늘이 안 보일 정도로 그냥 빽빽한 숲이었죠. 나무 그늘 아래에서 매미 소리를 들으며 팔 베개하고 누워 있으면 하늘에 흘러가는 하얀 뭉게구름도 보이고…… 얼마나 좋았는지 모릅니다.

서울 사람들은 산이나 바다를 찾아 떠나기보다는 여름 한철을 뚝섬 수영장에서 많이 보냈습니다. 미루나무 숲이 우거져 있어 시원하기도 했고, 수영장이 서울 시민들에게 무료였기 때문에 여름만 되면 전부 여기로 몰려들었습니다.

그 시절에 수영장에 나가면, 바람 잔뜩 불어넣은 자동차 타이어 튜브에 몸을 싣고 물놀이를 했잖아요? 튜브와 수영복을 빌려주는 곳도 많았습니다. 이곳은 서울에서 가장 넓은 무료 수영장이었거든요.

서울에서 매미 소리가 가장 요란했던 곳도 바로 뚝섬이었습니다. 전차가 철거되기 이전까지만 해도 한여름에 뚝섬으로 나가는 전차를 타면, 주변 미루나무 숲에서 들려오는 매미 소리가 얼마나 듣기 좋았는지 모릅니다.

☾

서울에서 경제활동이 가장 활발했던 지역이 바로 뚝섬이었습니다. 경기도 양평이나 여주, 강원도 원주, 영월, 충주 방향으로 연결되는 남한강 지방과 양주, 춘천, 홍천…… 북한강 지방에서 생산되는 물건들이 한강의 뱃길을 이용해 뚝섬으로 모두 몰려왔습니다.

특히 서울 시내의 땔감과 목재는 모두 뚝섬을 통해 공급이 이루어졌지요. 한강 상류지방에서 모여든 땔감을 매일 우마차에 실어 서울로 운반했고, 땔감만을 전문으로 취급하는 곳도 40군데가 넘었습니다. 그 시절 뚝섬 경제가 얼마나 잘 돌아갔는지 모릅니다.

서울에서 처음으로 노선과 시간을 정해 버스 운행이 시작된 곳도 뚝섬이었습니다. 1921년부터 왕십리 전차 종점에서 뚝섬을 오가는 버스가 매일 오전 8시부터 오후 10시 30분까지 영업을 시작 했습니다. 서울에서 제일 역사가 깊은 버스 노선인 셈입니다.

도화동

4월은 복사꽃이 피어나는 계절입니다. 남쪽 따뜻한 지방에는 햇살이 잘 내리쬐는 쪽으로 복숭아밭 가지마다 복사꽃들이 꽃망울을 터트릴 준비가 한창입니다.

멀리 고향을 떠나온 사람은 복사꽃 피어난 모습만 보고도 문득 고향의 정경이 그리워질 겁니다. 복사꽃은 고향에 피어나는 꽃이니까요. 예전부터 복사꽃이 많이 피는 마을을 '도화동'이라고 불러왔습니다. 그래서 우리나라 지명에 여기저기 도화동이라는 마을이 그렇게 많았지요.

서울에서 복사꽃이 많이 피어나기로 유명했던 곳은 북악산 아래 도화동과 혜화동 바깥쪽의 도화동입니다. 혜화동 밖의 도화동에서는 해마다 봄철이 되면 천 여 그루가 넘는 복숭아나무 가지마다 토독토독 복사꽃 피어나는 소리가 들립니다. 그 소리가 그렇게 듣기가 좋았습니다.

☾

마포구에 도화동이란 동네가 있습니다. 동네 이름에서 알 수 있듯이 서울에서 복숭아꽃으로 유명했던 곳입니다. 봄 한철에 마포강에서 배를 타고 도화동의 복숭아꽃 핀 모습을 바라보면 그렇게 절경이었다고 합니다. 한강의 쪽빛 강물과 도화동의 그 분홍색 복숭아꽃들이 한 폭의 그림 같았지요. 그래서 전에는 마포구 도화동을 '복사골'이라 불렀습니다.

복사골이라는 마을 이름이 생겨난 데에는 또다른 사연이 있습니다. 옛날 이곳에는 김씨 성을 가진 노인이 아름답고 마음씨 고운 딸과 함께 살고 있었습니다. 생활은 넉넉하지 못했지만 딸이 늘 함께해서 세상에 무엇 하나 부러울 게 없었습니다.

하루는 하늘나라에서 선관들이 내려와 김노인에게 이런 이야기를 했습니다.

"천상에 계시는 옥황상제께서 따님이 어질고 아름다운 것을 알고 며느리로 삼고자 합니다. 따님을 모시러 왔습니다."

노인은 딸이 옥황상제의 며느리가 되는 것이 황송했지만 딸을 보내고 싶지 않았습니다. 그래서 김노인은 여태 무남독녀인 딸만 믿고 살아온 터라 딸이 멀리 떠나가면 누굴 의지하며 살지 걱정이 된다고 답했습니다. 한편으론 좋고 한편으로 서운한 마음이었던 거지요.

이에 선관들이 김노인에게 복숭아씨를 줍니다. 이 복숭아씨를 집 주변에 심으니 이내 예쁜 복사꽃이 피고 큼직한 복숭아 열매가 열려 이 지역이 복사골이 됩니다.

마을 사람들도, 김노인도 해마다 봄철에 복사꽃이 피면 한강변 복사꽃 아래를 거닐며 딸을 본 듯이 즐거워했습니다. 봄철에 복사골을 지나는 강물에 복사꽃이 그렇게 많이 떠내려갔습니다. 이 복사꽃잎을 먹은 물고기에서 복숭아 향기가 난다는 말까지 생겨날 정도로 한강변에는 복숭아 향이 가득했습니다.

도화동의 아름다운 전설입니다. 전설이 된 이 풍경을 다시 되살릴 수 있다면 얼마나 좋을까요.

공덕리 소주

소주는 서민들이 즐겨 마시는 술이죠. 서울에서 소주 맛이 좋기로는 마포구 공덕동이 유명했습니다. 일명 '공덕리 소주'라고 불렀으니까요.

지금은 공덕동이 이리저리 길이 크게 뚫려 번화한 시가지가 되었지만, 백 년 전만 해도 이곳은 밤나무와 옻나무 숲이 우거진 산줄기를 타고 초가집이 띄엄띄엄 한 채씩 있는 한적한 마을이었습니다. 여기저기 미나리 밭도 많았고요. 서울 교외의 한가하고 외진 마을에 지나지 않았죠.

☾

'공더기'라고도 불렸던 공덕리에는 가난한 선비들의 초가집이 옹기종기 모여 있었습니다. 과거 공부를 하려고 가족들과 함께 이사를 와서 허름한 초가집 한 칸 짓고 사는 선비들이 많았거든요.

과거 급제를 위해 공부를 하려면 누군가의 뒷바라지가 필요했습니다. 남편 되는 양반이 이렇게 '나는 양반입네', '나는 과거 공부해야 되네' 하면서 살림을 돌보지 않으면, 결국엔 아내가 광주리를 이고 나가서 장사라도 해야 먹고살 수 있었습니다. 그래서 아내들이 집집마다 소주를 만들어 오지병에 담은 다음, 광주리에 이고 문안으로 들어가 잘사는 열두 대문 고관 집을 찾아다니며 소주 맛을 보여주었습니다. 그렇게 '공덕리 소주'가 유명해진 것이죠.

어쩌다 마포 부근 공덕리를 지나다보면 소주와 식초 냄새가 코를 찔렀습니다. 식초 역시 잘 만들기로 유명했거든요. 아침이면 부녀자들이 광주리에 소주병을 이고 떼를 지어 지나는 모습이 공덕리의 '풍물'이었습니다.

염리동

조선시대부터 서해안 방면에서 한강을 타고 들어오는 배들의 종착점은 마포강이었습니다. 황해도는 물론이고 전라도와 충청도, 일부 경기지방에서 온 산물들이 배에 실려 마포강으로 몰려들었지요.

특히 세금으로 바친 곡식들은, 오늘날 서강파출소가 있는 뒤편 주택 밀집지역에 광흥창을 만들어 보관했던 것으로 추측을 합니다. 곡식 말고도 서해에서 잡힌 생선과 젓갈류들 역시 배에 실려 모여들었는데요. 그 옛날 민어철이면 서해안에서 잡힌 민어를 실은 고깃배들이 수없이 몰려들었겠죠.

젓갈류나 생선이 많은 곳에는 같이 따라와야 할 물건이 있습니다. 바로 소금이죠.

옛날에는 소금을 구하기가 그렇게 어려웠다고 합니다. 그래서 '장사 중에서는 소금장사가 제일이다' 할 정도로 우리 생활에서 소금이 귀한 존재였습니다.

그럴 수밖에 없었던 것이, 소금은 아무데서나 나는 게 아니라 주로 서해안 소금밭에서만 생산되었으니까요. 소금장수가 소금가마를 짊어지고 산길을 넘어 산골 마을까지 직접 찾아 다녔습니다.

소금가마가 얼마나 무거운가요? 지게에 소금가마를 짊어지고 깊은 산골 마을까지 찾아가려면 산 고개를 넘어야 하고, 냇물도 건너야 하고, 오가다가 때아닌 소나기를 만나기도 하고…… 그렇게 어렵게 만난 소금이기에 귀하고 귀한 물건이었습니다. 그러니 소금장수에 대한 대접이 결코 소홀할 수 없었죠.

이 귀한 소금을 창고로 하나 가득 보관하던 곳이 마포구 염리동이었습니다. 서해로부터 들어오는 소금 배들이 이곳까지 와서 소금을 뿌렸던 거죠. 그래서 염리동鹽里洞이 되었습니다.

동막역 부근에 큰 소금창고가 있어 가까운 일대에 소금장수가 많이 모여 살았고, 소금장수들이 동막에서 사온 항아리에 소금을 담아 나루에서 부린 생선과 서로 맞바꾸곤 했습니다.

마포구에 있었던 소금머리골에는 소금 배가 드나들던 소금전도 있었습니다. 소금으로 돈을 많이 번 부자들이 마포에 그렇게 많았다고 하네요.

신촌

연세대학교의 전신인 연희전문학교가 처음에 어디에 있었는지 아시나요? 종로2가 YMCA입니다. 그러다가 지금의 신촌으로 터를 옮겼는데 그게 1918년입니다. 신촌역이 생기기도 전이죠.

그러니 그 시절, 서울 장안에 살던 학생들은 산골 깊숙이 틀어박힌 학교에 다니기가 힘들었습니다. 시골 출신 학생들은 기숙사에 살았고, 몇몇은 서대문까지 전차를 타고 온 다음 학교까지 아침저녁으로 걸어서 통학을 했습니다. 그 당시 전체 학생 수가 백 명 정도 됐을까요? 그나마도 3·1 운동 뒤에는 전부 잡혀갔습니다. 나머지 학생들 대부분도 몸을 숨길 수밖에 없었고요. 때문에 한때는 학생 수가 불과 20여 명밖에 안 될 만큼 줄어들었습니다.

배움의 씨앗이 워낙 좋다고 소문이 나다보니 곧 말도 못할 정도로 학생 수가 부쩍 늘어났습니다. 그러다가 이화여자대학교가 정동에서 1935년에 현재의 자리로 옮겨 왔습니다. 신촌역이 들어선 덕분이죠.

☾

신촌은 그 일대에 연세대, 이화여대, 서강대, 홍익대, 명지대 등 대학들이 몰려 있어 '대학촌'이라는 별칭으로 불립니다. 그 별칭이 무색할 정도로 이제는 유흥업소가 널린 서울의 번화가가 되었지만, '신촌新村'이라는 그 이름에서 보듯이 예전엔 인가가 없는 곳이었습니다. 허허벌판이었죠. 현재 연세대학교가 자리한 곳도 그저 큰 들판이었습니다. 농사가 그렇게 잘되기로 유명했지요. 지금은 상상도 안 되는 일이죠.

1970년대 들어 대학생들이 과외 지도로 용돈을 많이 벌어들이면서 찻집과 술집이 하나씩 들어섰고 옷가게와 당구장까지 여럿 들어서더니, 1984년 지하철 2호선이 개통되자 서울의 부도심권으로 부상했습니다.

한때 신촌 일대에 무성했던 무밭과 배추밭은 이제 흔적도 찾아볼 수 없게 되었습니다.

밤섬

　마포대교를 건너면 오른쪽으로 한강에 푸른 잡초 웅덩이 섬 같은 게 보입니다. 이 섬이 원래는 '율도'라고 불렸던 밤섬입니다. 철새들의 낙원 같은 곳이죠. 이른 아침 대교를 건너 출근할 때 보이는 철새들의 날갯짓이 보기가 참 좋습니다. 한꺼번에 날아오르면서 날개를 펴는 모습이 장관입니다.

　혹시 밤나무가 많아서 밤섬이라고 불린 걸까요? 예전에 밤섬에 살던 사람들 얘길 들어보면 실제로 밤섬에는 밤나무가 한 그루도 없었다고 합니다. 그런데 왜 밤섬이라는 이름이 붙었을까요?

　옛날에는 섬 옆을 지나던 강물이 원래는 섬 뒤쪽으로만 흐르고 있었고 앞쪽으로는 징검다리가 있었답니다. 그런데 어느 날 하룻

밤사이에 물길이 바뀌어, 둥실둥실 한강에 홀로 떠 있는 섬으로 변했다고 합니다. 그렇게 '밤사이에 변한 섬이다'라는 의미로 '밤섬'이라는 이름이 생겨났다고 하는군요.

C

지금은 밤섬에 잡초만 우거져 있어 한강을 찾아오는 철새들의 쉼터로 변했지만, 예전엔 마포강에서 고기잡이하는 어부들을 비롯해 사람도 많이 살았고, 부군신을 모시는 사당도 있었던 곳입니다. 지금보다 훨씬 큰 섬이었지요. 백사장도 넓었고요.

한강이 개발되기 전인 1970년대까지만 해도 여전히 사람들도 많고, 여름 한철엔 마포나 영등포에 사는 젊은이들이 건너가 천막을 치고 야영을 하던 장소로도 유명했습니다.

제가 젊었을 적, 요즘 같은 여름밤에 밤섬의 백사장에서 바라본 서울 하늘 별빛은 너무도 아름다웠습니다. 그 시절의 초롱초롱한 별빛들이 한강 물속까지 내려왔으니까요.

말죽거리

'망경현'이라는 고개를 아시나요? 바라볼 망望에 서울 경京을 써서, 예전엔 흔히 '망경재'라고 불러왔던 고개입니다. 지난날 충청도와 경상도, 전라도에서 한양으로 올라오던 사람들이 한강나루를 건너기 전에 이 고개에 오르면 한양이 한눈에 보인다고 해서 붙은 이름이지요.

망경재를 넘으면 곧바로 양재역 마을이 나왔습니다. 이 부근을 흔히 '말죽거리'라고 불러왔는데요. 여기에는 두 가지 이야기가 전해옵니다.

조선 초기부터 이 근처에 주막이 많았는데, 한양으로 가려는 길손들이 이곳에서 하룻밤을 묵으면서 말에게 죽을 끓여 먹였다고 해서 말죽거리란 이름이 생겼다고 하고요.

또다른 이야기에서는, 이괄의 난을 피해 인조가 남쪽으로 피난을 떠날 당시에 이곳을 지났는데, 갈 길이 급한 나머지 말에 탄 채로 죽을 먹어서 말죽거리란 이름이 붙었다고 합니다.

말죽거리는 과천, 낙생, 수원은 물론이고 삼남지역을 오가는 사람들이 꼭 거쳐야 하는 곳이라 무척이나 붐볐습니다. 한양을 떠나 지방으로 내려가는 사람들이 첫 밤을 자던 곳도, 지방에서 한양에 드는 마지막 밤을 자던 지점도 말죽거리 일대인 양재역 주변이었습니다.

혹시 '양재역 주모'라는 말을 들어보셨는지요? 수다를 심하게 떠는 여인네를 흔히 양재역 주모라고 불렀습니다. 주막거리가 많았던 양재역 주모들이 지나가는 사람에게 별별 참견을 다하고 어찌나 수다스럽고 요염했던지, 양재역 주모한테 말려들면 주머니를 전부 털리게 되었다고 하네요.

◖

말죽거리에는 고추밭이 많기로 유명했습니다. 그래서 늦가을 김장을 담글 때가 되면 사대문 안 사람들이 배를 타고 한강을 건너 말죽거리로 고추를 사러 왔습니다.

말죽거리로 오려면 한남동 쪽 나루에서 배를 타야 하는데, 그러

려면 또 약수동에서 한남동 쪽으로 산골짜기 좁은 고갯길을 넘어
와야 합니다. 한낮에도 으스스할 정도로 험한 길이었죠. 때로는 고
갯길에 나쁜 사람이 나타난다는 소문도 돌아서 해가 기울면 행인
의 발길이 끊기기도 했습니다.

지금은 이곳의 고갯길이 거의 깎여 나갔고 집들도 빽빽하게 들
어서 사람들의 통행이 끊이지 않습니다. 10년이면 강산도 변한다
고 하는데 앞으로 30년 뒤, 아니면 50년 뒤엔 그 고갯길이 어떤 모
습으로 변하게 될까요.

맛있는 건 혼자 못 먹던 그 사람

유강진(성우)

"유선배, 녹음 끝났지? 그러면 이리 와. 나 지금 종로 5가 빈대떡 집에 있는데 이 집 빈대떡 맛이 정말 좋아. 어릴 때 어머님이 해주시던 그 맛이야. 나 혼자 먹을 수 없어. 유선배도 맛봐야 돼."

나이는 비슷한데 내가 방송을 먼저 시작했다고 꼭 '유선배'다.

"자, 빈대떡 안주로 막걸리 한잔 드셔봐. 막걸리 안주엔 빈대떡이 최고지. 잘 넘어갈 거야. 아, 그리고 오늘 예쁜이 녹음 잘했어? 상대 역할을 유선배가 하니까 조금 긴장한 것 같아. 조금 더 여유 있고 편안하게 하면 좋겠는데…… 작품 전체를 여자가 리드하는 걸로 설정했거든."

방송국에서나 사석에서나 온통 자기 작품에 열정을 쏟던 심작가!

"나 이번에 서울 외곽으로 이사했어. 교통이 조금 불편하지만 너무 좋아. 온통 주변이 산이고 나무로 둘러싸인 데야. 아침에 눈 뜨면 새소리, 바람소리도 들리고. 그리고 눈에 보이는 것이 온통 푸른색이야. 다 아는 얘기지만 서울은 자동차 소리도 시끄럽고 공기 나쁘고 회색빛이고 머리 식힐 공간이 없잖아. 유선배도 좀 정감을 느끼면서 살고 싶다고 했잖아. 새소리도 듣고 싶다고 했고, 계곡물 소리, 바람에 나뭇가지 흔들리는 소리, 개구리 울음소리도 들으며 살고 싶다고 했지. 거긴 다 있어. 우선 우리집 한번 와봐. 모든 걸 느낄 수 있으니까!"

작품에 대한 열정, 방송에 대한 정열, 맛있는 건 꼭 혼자 못 먹는 정, 주변을 향한 배려…… 그래서인지 심작가 작품에서는 항상 정이 넘치고 사람이 살아가는 맛을 진하게 느낄 수 있었던 것 같다. 마치 맛집에서 지인들과 정담을 나누며 맛있는 음식을 먹는 느낌을 항상 받았다.

이제 이 책을 읽고 심작가와의 옛날을 회상하며 심작가의 작품에 대한 애정, 그 다정다감함을 다시 한번 진하게 느껴본다.

당신이 그립습니다.

서울은 말이죠…

초판 1쇄 인쇄 2018년 11월 5일
초판 1쇄 발행 2018년 11월 13일

지은이   심상덕
엮은이   윤근영
펴낸이   고미영

편집   고미영 이승환 최아영
일러스트   이예리
디자인   강혜림
마케팅   정민호 한민아 최원석
홍보   김희숙 김상만 이천희
제작   강신은 김동욱 임현식
제작처   영신사

펴낸곳   (주)이봄
출판등록   2014년 7월 6일 제406-2014-000064호
주소   10881 경기도 파주시 회동길 210
전자우편   yibom01@gmail.com
문의전화   031-955-1909
팩스   031-955-8855

ISBN 979-11-88451-37-1 03810

 springtenten   yibom_publishers